Guy de Maupassant

Ausgewählte Novellen

DOGMA

Guy de Maupassant

Ausgewählte Novellen

ISBN/EAN: 9783955800383

Auflage: 1

Erscheinungsjahr: 2013

Erscheinungsort: Bremen, Deutschland

Guy de Maupassant

Ausgewählte Novellen

DOGMA

Inhalt

Die kleine Roque

Der Landbriefträger Médéric Rompel, den die Leute in der Gegend kurz ›Médéric‹ nannten, verließ zur gewöhnlichen Stunde das Postamt Rounle-Tors. Nachdem er das kleine Städtchen mit dem kräftigen Tritt des ehemaligen Soldaten durchschritten hatte, ging er quer über die Wiesen von Villaumes, um an die Brindille zu gelangen, deren Wasserlauf er bis zum Dorf Carvelin verfolgte, wo seine Tour begann. Er ging schnell hin an dem schmalen Bach, der schäumend, plätschernd, gurgelnd in graseingefasstem Bett unter hängenden Weiden hinschoss. Um die großen Steine, die den Bachlauf aufhielten, strudelte es und bildete etwas, wie den Knoten eines Halstuches aus Schaum. Hier und da fiel das Wasser einen Fuß hoch herab, manchmal unsichtbar unter dem Grün, und verursachte dann unter dem grünen Dach von Blättern und Schlinggewächsen ein heftiges Getöse. Weiterhin wurden die Uferränder breiter, und man kam zu einem kleinen, stillen See, in dem zwischen all dem grünen Gewächs, das sich auf dem Boden ruhiger Gewässer hin und her wiegt, Forellen schwammen.

Médéric ging seines Weges, ohne irgendetwas zu sehen, und dachte nur immer: – Der erste Brief ist für Poivron, dann habe ich einen für Herrn Renardet, – ich muss also durch den Hochwald gehen.

Seine blaue Bluse, durch einen schwarzledernen Gürtel an der Taille zusammengehalten, huschte schnell und in gleichmäßigem Tempo über der grünen Hecke von Weiden hin, und sein Stock aus kräftigem Rohr machte an seiner Seite die Bewegung der Beine mit. Er überschritt also die Brindille auf einer Brücke, die durch einen einzigen Baumstamm gebildet war, den man von einem Ufer zum anderen geworfen hatte und dessen Geländer aus einem, durch zwei Pfähle an beiden Ufern gehaltenen Strick bestand.

Der Hochwald, Herrn Renardet, dem Bürgermeister von Carvelin, gehörig, dem größten Grundbesitzer in der Gegend, bestand aus gewaltigen, alten Bäumen, gerade wie Säulen, und erstreckte sich eine halbe Meile auf dem linken Ufer des Baches, der die eine Grenze des riesigen Blätterdaches bildete. Längs des Wassers wuchsen hohe Büsche in der Sonnenwärme, aber im Hochwald selbst gab es nur Moos, dickes, weiches, schwellendes Moos, das in der bewegungslosen Luft einen leichten Geruch von Moder und abgestorbenen Zweigen verbreitete.

Médéric verlangsamte seinen Schritt, nahm die schwarze, mit rotem Streifen geschmückte Mütze ab, wischte sich die Stirn, denn es war schon warm auf den Wiesen, obgleich es noch nicht acht Uhr morgens war.

Er hatte eben die Mütze wieder aufgesetzt und wollte seinen schnellen Schritt wieder aufnehmen, als er zu Füßen eines Baumes ein Messer sah, ein kleines Kindermesser. Als er es aufhob, fand er noch einen Fingerhut und zwei Schritte weiter eine Nadelbüchse.

Er nahm die Gegenstände an sich und dachte: »Ich werde sie dem Herrn Bürgermeister geben.« Dann setzte er seinen Weg fort. Aber jetzt war er aufmerksam geworden, und er hoffte, noch mehr zu finden.

Plötzlich blieb er stehen, als wäre er an einen Holzzaun gestoßen, denn zehn Schritt vor ihm lag auf dem Rücken ein Kind, ganz nackt auf dem Moos. Es war ein kleines Mädchen, etwa zwölf Jahr, hatte die Arme ausgestreckt, die Beine auseinandergespreizt und ein Taschentuch auf dem Gesicht. Seine Schenkel waren ein wenig blutbefleckt.

Médéric näherte sich auf den Fußspitzen, als fürchte er, Lärm zu machen, als ahnte er irgendeine Gefahr, und riss die Augen auf.

Was war denn das? Sie schlief wahrscheinlich? Dann überlegte er sich, dass man um halb acht Uhr früh unter kühlen Bäumen nicht so unbekleidet schläft. Sie war also tot, und es handelte sich um ein Verbrechen. Bei diesem Gedanken lief es ihm kalt über den Rücken, obgleich er Soldat gewesen. Und dann war ein Mord in der Gegend etwas so Seltenes und noch dazu an einem Kinde, dass er seinen Augen nicht traute. Aber er sah keine Wunde, nur das geronnene Blut auf dem Bein. Wie hatte man sie denn getötet?

Er blieb dicht bei ihr stehen, blickte sie an, auf den Stock gestützt. Er kannte sie unbedingt, denn er kannte doch alle Leute in der Gegend. Aber da er ihr Gesicht nicht sehen konnte, erriet er ihren Namen nicht. Er beugte sich nieder, um das Taschentuch vom Gesicht fortzunehmen, hielt aber nach kurzer Überlegung die ausgestreckte Hand zurück.

Hatte er das Recht, irgendetwas am Zustand der Leiche zu ändern, ehe das Gericht dagewesen war? Ihm erschien das Gericht wie so eine Art General, dem nichts entgeht und für den ein verlorener Knopf ebenso wichtig ist, wie ein Messerstich in den Leib. Unter dem Taschentuch fand man vielleicht ein wichtiges Beweismittel, das möglicherweise seinen Wert verlieren konnte, wenn eine ungeschickte Hand daran rührte. Er erhob sich also, um zum Bürgermeister zu laufen. Aber ein anderer Gedanke hielt ihn wieder zurück: Wenn das kleine Mädchen etwa noch lebte, so konnte er sie doch nicht so liegen lassen. Und ganz vorsichtig, ein Stück von ihr entfernt, kniete er nieder und streckte die Hand nach ihrem Fuß aus. Er war kalt, eisig, von jener fürchterlichen Kälte, die das tote Fleisch so schrecklich macht und keinen Zweifel mehr erlaubt. Bei dieser Berührung drehte sich dem Briefträger das Herz im Leibe um, wie er später sagte, und sein Gaumen wurde ganz trocken. Er stand schnell auf und rannte durch den Wald zum Haus des Herrn Renardet.

Den Stock unter dem Arm, die Fäuste geballt, den Kopf vorgestreckt, lief er im Laufschritt dahin, und in gleichmäßigem Tempo schlug die Ledertasche voll Briefe und Zeitungen ihm auf die Hüften.

Das Haus des Bürgermeisters lag am anderen Ende des Waldes, der ihm als Park diente, und spiegelte eine Seite seiner Mauern in einem kleinen Teich, den dort die Brindille bildete.

Es war ein viereckiges, sehr altes Haus aus grauem Stein, das früher Belagerungen ausgehalten hatte und auf dem sich, etwa zwanzig Meter hoch, ein riesiger Turm, der in's Wasser hineingebaut war, erhob.

Von der Spitze dieses Wachtturms aus hatte man über die Gegend Umschau gehalten. Er hieß der Fuchsturm, ohne dass man recht wusste, warum, und daher war auch wahrscheinlich der Name Renardet (Fuchser) gekommen, den die Besitzer dieses Lehns trugen, das sich, wie man sagte, in derselben Familie seit über zweihundert Jahren befand. Denn die Renardet gehörten zu jenem beinahe feudalen Bürgertum, wie es in Frankreich vor der Revolution in der Provinz vielfach vorkam.

Der Briefträger rannte sofort in die Küche, in der die Dienerschaft frühstückte, und rief:

– Ist der Herr Bürgermeister auf? Ich muss ihn gleich sprechen.

Man kannte Médéric als gesetzten, gewichtigen Mann und begriff sofort, dass etwas Außerordentliches geschehen sein musste.

Herr Renardet wurde benachrichtigt und befahl, den Briefträger vorzulassen. Der Briefträger trat bleich, außer Atem, die Mütze in der Hand, ein und fand den Bürgermeister vor einem langen Tisch, der mit zerstreuten Papieren bedeckt war.

Er war ein dicker, großer Mann, schwer, rot, stark wie ein Ochse und in der Gegend sehr beliebt, obgleich überaus heftig. Er war etwa vierzig Jahr alt und seit einem halben Jahr Witwer. Er lebte wie ein Landedelmann auf seinem Gut. Sein aufbrausendes Temperament hatte ihm oft Unannehmlichkeiten bereitet, aus denen die Magistratsbeamten von Roun-le-Tors ihm als duldsame, diskrete Freunde herauszuhelfen pflegten. Hatte er nicht eines Tages den Postillon vom Bock heruntergeschmissen, weil er seinen Jagdhund Mic-Mac beinah totgefahren hätte! Hatte er nicht den Jagdhüter, der ihn zur Rede stellte, weil er, das Gewehr unter dem Arm, über ein Stück Jagdgebiet des Nachbars ging, die Rippen eingeschlagen! Hatte er

7

nicht sogar den Unterpräfekten, der sich im Ort auf einer Dienstreise auf-gehalten hatte, die Herr Renardet aber für eine Wahlagitation ansah, beim Wickel genommen! Denn aus Familientradition machte er der Regierung Opposition. Der Bürgermeister fragte:

– Was gibt's, Médéric?

– Ich habe ein kleines Mädchen tot in Ihrem Hochwald gefunden.

Renardet fuhr auf und wurde ziegelrot:

– Was sagen Sie? Ein kleines Mädchen?

– Ja, Herr Bürgermeister, ein kleines Mädchen, ganz nackig, auf dem Rücken, blutig, tot, – ganz tot.

Der Bürgermeister fluchte:

– Gott verdamm mich, ich will doch wetten, dass das die kleine Roque ist. Man hat mir nämlich eben gemeldet, dass sie gestern Abend nicht zu ihrer Mutter nach Haus gekommen ist. Wo Haben Sie sie denn gefunden?

Der Briefträger erklärte die Stelle, erzählte noch ein paar Einzelheiten und erbot sich, den Bürgermeister hinzubringen.

Aber Renardet wurde grob:

– Nein, ich brauche Sie nicht. Schicken Sie mir sofort den Jagdhüter, den Ratsschreiber und den Arzt. Und setzen Sie Ihren Dienstweg fort. Aber schnell, schnell! Und sagen Sie ihnen, wir wollen uns im Hochwald treffen.

Der Briefträger gehorchte, zog sich zurück, wütend und verzweifelt, der Untersuchung nicht beiwohnen zu können.

Der Bürgermeister nahm nun seinen Hut, einen großen, weichen, grauen Filzhut mit sehr breiten Rändern und blieb ein paar Augenblicke in der Haustür stehen. Vor ihm dehnte sich der Rasen aus, auf dem drei große Flecken, rot, blau und weiß, drei ausgedehnte Blumenbeete mit voll erblüh-ten Blumen standen, eins dem Haus gegenüber, eins links und eins rechts. Weiter draußen streckten die ersten Bäume des Hochwaldes ihre Kronen in den Himmel, während man links, über der zum Teich geweiteten Brindille, ausgedehnte Wiesen sah, ein ebenes, grünes Land, von Bewässerungs-gräben durchzogen und von Weidenhecken durchschnitten, die großen Ungetümen, untersetzten Zwergen, ähnlich sahen: Stämme ohne Äste, die auf einem gewaltigen Stumpf einen kurzen, im Winde zitternden Wedel von dünnen Zweigen trugen.

Rechts hinter den Ställen, Remisen und den Wirtschaftsgebäuden begann das Dorf, ein reicher, von lauter Viehzüchtern bewohnter Ort.

Renardet ging langsam die Stufen hinab, wendete sich nach links zum Wasser, dem er mit langsamen Schritten, die Hände auf dem Rücken, folgte. Er senkte die Stirn, und von Zeit zu Zeit blickte er um sich, ob die Leute noch nicht kämen, nach denen er geschickt.

Als er unter das Laubdach kam, blieb er stehen, nahm den Hut ab und wischte sich, wie es Médéric getan, die Stirn, denn die glühende Junisonne sendete einen Feuerregen zur Erde herab. Dann setzte sich der Bürgermeister wieder in Gang, blieb noch einmal stehen, kehrte zurück, beugte sich plötzlich nieder und tauchte sein Taschentuch in den Bach, der zu seinen Füßen murmelte. Dann legte er sich das Tuch unter dem Hut auf den Kopf. Wassertropfen rannen ihm die Schläfe herab auf seine violetten Ohren, auf seinen gewaltigen, roten Hals und flossen, einer nach dem anderen, unter den weißen Kragen seines Hemdes.

Da immer noch niemand erschien, stieß er mit dem Fuß auf und rief:

– Holla! Holla! – Eine Stimme rechts antwortete: – Holla!

Und der Arzt tauchte unter den Bäumen auf. Es war ein kleiner, magerer Mann, ein ehemaliger Militärarzt, den man in der Gegend für sehr ausgezeichnet hielt. Er hinkte, da er im Dienst verwundet worden, und bediente sich eines Stockes zum Gehen. Dann gewahrte man den Jagdhüter und den Ratsschreiber, die, zu gleicher Zeit benachrichtigt, zu gleicher Zeit ankamen. Sie sahen ganz verstört aus, kamen keuchend gelaufen, gingen und trabten abwechselnd, um -schneller hinzukommen, und warfen dabei so die Arme, als wären die nötiger zum Gehen als die Beine.

Renardet sagte zum Arzt: – Wissen Sie, um was es sich handelt?

– Ja. Médéric hat ein totes Kind im Walde gefunden.

– Gut, also los.

Und Seite an Seite gingen sie dahin, von den beiden Männern gefolgt. Ihre Schritte machten auf dem Moos nicht das geringste Geräusch, die Augen hatten sie suchend vor sich hingerichtet. Doktor Labarbe streckte plötzlich den Arm aus:

– Da liegt sie.

Noch weit entfernt sah man unter den Bäumen etwas Helles. Wenn sie es nicht gewusst hätten, was es war, hätten sie es nicht erraten. Es leuchtete so weiß, dass man hätte glauben können, dort läge Wäsche, denn ein Sonnenstrahl fiel durch die Zweige und warf einen hellen Schein über den Leib. Als sie näher kamen, unterschieden, sie allmählich die Gestalt, den verhüllten Kopf, der zum Wasser gewendet war und die beiden Arme, rechts und links ausgestreckt, wie bei einer Gekreuzigten.

– Es ist verflucht heiß, – sagte der Bürgermeister.

Und indem er sich wieder zur Brindille bückte, tauchte er von Neuem sein Taschentuch ein, das er wieder auf den Kopf legte.

Der Arzt schritt eiliger, die Entdeckung interessierte ihn. Sobald er neben dem Mädchen stand, beugte er sich nieder, ohne sie anzurühren. Er hatte seinen Kneifer aufgesetzt, wie man wohl einen besonderes merkwürdigen Gegenstand betrachtet, und ging langsam um die Leiche herum.

Ohne sich aufzurichten, sagte er:

– Notzucht und Mord. Wir werden das nachher feststellen. Das Mädchen ist übrigens, schon fast erwachsen, sehen Sie die Brust. – Die beiden, schon ziemlich entwickelten Brüste waren etwas eingesunken, durch den eingetretenen Tod weich geworden.

Der Arzt lüftete leicht das Taschentuch, das das Gesicht bedeckte. Es war schwarz, fürchterlich, mit heraushängender Zunge und herausquellenden. Augen. Er sagte:

– Mein Gott, man hat sie erwürgt nach der Tat.

Er fasste den Hals an:

– Mit den Händen erwürgt, ohne übrigens irgendein besonderes Merkmal zu hinterlassen. Kein Nagelriss noch Fingereindruck. Ja ja, es ist die kleine Roque, allerdings.

Er legte vorsichtig das Taschentuch wieder darauf: – Ich kann nichts Weiter tun, sie ist mindestens schon zwölf Stunden tot. Das Gericht muss benachrichtigt werden.

Renardet stand, die Hände auf dem Rücken, da und betrachtete mit starren Augen den kleinen, auf dem Grase liegenden Körper. Er murmelte:

– So ein Schuft! Wir müssten mal die Kleider suchen.

Der Arzt betastete die Hände, die Arme, die Beine und sagte: – Sie muss gerade gebadet haben, sie werden wohl am Wasser liegen.

Der Bürgermeister befahl:

– Du, Principe, (das war der Ratsschreiber) suchst die Kleider am Bach. Du, Maxime, (das war der Jagdhüter) läufst nach Rouy-le-Tors und holst den Untersuchungsrichter und den Gendarm. Binnen einer Stunde müssen sie hier sein, hörst Du?

Die beiden Leute eilten schnell davon. Und Renardet sagte zum Arzt:

– Welcher Lump mag denn das nur hier in unserer Gegend getan haben?

Der Arzt brummte:

– Wer weiß, dazu ist jeder fähig. Jeder im Besonderen und niemand im Allgemeinen. Na, jedenfalls wird es wohl irgendein Landstreicher gewesen sein, ein Arbeitsloser! Seitdem wir die Republik haben, wimmeln alle Straßen davon.

Sie waren beide Bonapartisten.

Der Bürgermeister fuhr fort:

– Ja, es wird wohl irgendein Fremder, ein Bummler, ein Landstreicher gewesen sein ohne Behausung und Unterkommen.

Der Arzt fügte mit halbem Lächeln hinzu:

– Und ohne Frau. Da er nichts zu essen und kein Bett hatte, hat er sich wenigstens das verschafft. Man glaubt gar nicht, wie viel Menschen es auf der Erde gibt, die in einem gewissen Augenblick zum Verbrechen fähig sind. Wussten Sie denn, dass die Kleine verschwunden war?

Und mit der Spitze seines Stockes berührte er die starren Finger der Toten, einen nach dem anderen, und drückte darauf wie auf Tasten eines Klaviers.

– Ja. Die Mutter ist gestern Abend um neun bei mir gewesen, weil das Kind um sieben zum Abendessen nicht nach Haus gekommen war. Bis Mitternacht haben wir es auf der Straße gesucht, aber an den Wald haben wir nicht gedacht. Übrigens musste es ja erst Tag sein, dass die Nachforschungen einen Zweck hätten.

– Rauchen Sie eine Cigarre? – sagte der Arzt.

– Danke, ich habe keine Lust zu rauchen. Ich kann so was nicht sehen.

Sie blieben beide neben dem zarten, halbwüchsigen Körper stehen, der so bleich sich von dem dunklen Moos abhob. Eine große, blaue Fliege, die auf dem Schenkel hinlief, machte auf den Blutflecken Halt, lief wieder fort, kletterte wieder hinauf, lief über den ganzen Leib, schnell und gleichmäßig, erklomm die eine Brust, stieg wieder hinunter, um die andere in Augenschein zu nehmen und suchte etwas zu saugen an dieser Toten. Die beiden Männer blickten auf den hin- und herirrenden schwarzen Punkt.

Der Arzt sagte:

– Wie das hübsch ist, so eine Fliege auf der Haut. Die Damen im vorigen Jahrhundert wussten sehr wohl, warum sie sich das aufs Gesicht klebten. Warum man's nur nicht mehr macht, möchte ich wissen.

Der Bürgermeister war ganz in Gedanken versunken und schien nicht zu hören.

Aber plötzlich wendete er sich um, ein Geräusch hatte ihn überrascht. Eine Frau in Mütze, eine blaue Schürze umgebunden, stürzte unter den Bäumen herbei. Es war die Mutter, die alte Roque. Sobald Sie Renardet sah, begann sie zu heulen:

– Meine Kleene, meine Kleene, wo ist meine Kleene? – Sie war so verzweifelt, dass sie gar nicht auf den Boden blickte. Mit einem Male entdeckte sie die Tote, blieb kurz stehen, schlug die Hände zusammen, hob beide Arme und stieß einen scharfen, herzzerreißenden Schrei aus, wie ein verwundetes Tier.

Dann sank sie über dem Körper in die Knie und riss mit einem Ruck das Taschentuch vom Gesicht. Als sie dieses fürchterliche, schwarze verzerrte Antlitz sah, fuhr sie wieder auf, warf sich dann mit dem Gesicht zu Boden, indem sie unausgesetzt in das dichte Moos schrie.

Ihr großer, magerer Körper, an dem die Kleider hingen, zuckte in Krämpfen. Man sah ihre hageren Knöchel und ihre vertrockneten, in groben blauen Strümpfen steckenden Waden fürchterlich zucken. Mit den gebogenen Fingern riss sie den Boden auf, als wollte sie ein Loch machen, sich darin zu verstecken.

Der Arzt wurde weich und flüsterte:

– Arme Alte. – Renardet gab ein eigentümliches Geräusch von sich, er stieß es heraus wie ein Niesen, zugleich durch Nase und Mund, zog ein Taschentuch, hustete, schluchzte, heulte hinein und schnaubte sich mit großem Getöse. Er stammelte: – Gott! Gott! Gott verdamm mich, wer ist das Schwein. Ich möchte sehen, wie man ihm den Kopf abschneidet.

Aber Principe erschien wieder, verzweifelt, brachte nichts und rief:

– Ich finde nichts, Herr Bürgermeister, nichts. Nirgends.

Der andere antwortete mit trockener, erstickter Stimme, ganz verstört:

– Was findest Du nicht?

– Die Kleider von der Kleinen.

– Na, na, na, da such doch, such doch! Du musst sie finden oder Du sollst's mit mir zu tun kriegen.

Der Mann, der wusste, dass man dem Bürgermeister nicht widersprechen durfte, lief wieder in Verzweiflung davon und warf noch auf den Leichnam einen kurzen, ängstlichen Blick.

Unter den Bäumen klangen in der Ferne Stimmen, das ungewisse Summen einer nahenden Menschenmenge, denn Médéric hatte beim Briefeaustragen die Nachricht von Tür zu Tür verbreitet. Die Leute waren zuerst entsetzt gewesen, hatten auf der Straße davon gesprochen, von einem Haus zum anderen sie verbreitend, und waren dann zusammengeströmt, hatten geschwatzt, diskutiert, ein paar Minuten das Ereignis besprochen, und nun kamen sie, um zu sehen.

Gruppenweise, etwas zögernd, unruhig durch die Furcht vor der ersten Aufregung, näherten sie sich. Als sie den Leichnam sahen, blieben sie stehen, wagten nicht, näher zu kommen, und sprachen leise.

Dann fassten sie Mut, traten ein paar Schritte heran und bildeten um die Tote, die Mutter, den Arzt und Renardet, erregt, lärmend, einen dichten Kreis, der immer enger wurde durch das Herandrängen der zuletzt Gekommenen. Bald standen sie dicht an der Leiche, ein paar bückten sich nieder, sie anzufassen. Der Arzt trieb sie aber davon.

Doch der Bürgermeister ward plötzlich wütend, nahm den Stock des Doktors Labarbe, warf sich auf die Leute und rief:

– Macht, dass ihr weiterkommt! Macht, dass ihr weiterkommt! Macht, dass ihr weiterkommt, ihr Lumpengesindel!– Und in ein paar Augenblicken hatte sich der Kreis der Neugierigen um zweihundert Meter erweitert.

Die alte Roque hatte sich aufgerichtet, herumgedreht, saß nun da und weinte, die Hände vor das Gesicht geschlagen.

In der Menschenmenge wurde der Fall besprochen, und gierige Knabenaugen betrachteten den entblößten Leib. Renardet bemerkte es, zog plötzlich seinen Leinenrock aus und warf ihn über das Mädchen, das unter dem großen Kleidungsstück ganz verschwand.

Langsam kamen die Neugierigen näher. Der Wald war voller Menschen, ein unausgesetztes Stimmengewirr stieg zu den Blätterkronen der Bäume empor.

Der Bürgermeister blieb in Hemdärmeln stehen, den Stock in der Hand, in Kämpferstellung. Er schien über die Neugierde der Bevölkerung verzweifelt zu sein und rief unausgesetzt:

– Wenn einer 'rankommt, schlage ich ihn nieder wie einen tollen Hund.

Die Bauern hatten große Angst vor ihm und hielten sich entfernt. Doktor Labarbe rauchte und setzte sich neben die alte Roque und sprach ihr zu, indem er ihre Gedanken abzulenken suchte.

Sofort nahm die alte Frau die Hände vom Gesicht und antwortete mit tränenseliger Redeflut, indem sie ihren Schmerz in unendlichem Wortschwall ausströmen ließ. Sie erzählte ihr ganzes Leben, ihre Hochzeit, den Tod ihres Mannes, der Ochsenhirt gewesen und durch einen Hörnerstoß getötet worden, die Kindheit ihres Mädchens, ihr kümmerliches Witwendasein, ohne Verdienst mit der Kleinen. Sie hatte nur die kleine Luise gehabt. Und man hatte sie getötet, hier in dem Wald getötet. Plötzlich wollte sie sie noch einmal sehen, schleifte sich auf den Knien bis an den Leichnam, hob einen Zipfel des Gewandes, das sie bedeckte, auf, ließ es wieder fallen und begann von Neuem zu heulen. Die Menge schwieg und betrachtete aufmerksam alle Bewegungen der Mutter.

Aber plötzlich kam eine große Aufregung unter die Leute, und man rief: »Die Gendarmen! Die Gendarmen!«

Zwei Landgendarmen erschienen von Weitem, kamen im Trab gelaufen mit ihrem Gendarmerieoffizier und einem kleinen Herrn mit rotem Backenbart, der auf einer hohen Schimmelstute wie ein Affe herumtanzte.

Der Jagdhüter hatte Herrn Putoin, den Untersuchungsrichter, gerade getroffen in dem Augenblick, als er zu Pferde stieg, um seinen täglichen Spazierritt zu machen, denn er hielt sich zur großen Freude der Offiziere für einen gewaltigen Reitersmann. Er stieg mit dem Offizier zusammen ab, drückte dem Bürgermeister und dem Doktor die Hand und warf einen flüchtigen Blick auf den Leinenrock, den der darunterliegende Körper blähte.

Als er alles genau erfahren hatte, ließ er zuerst das Publikum zurücktreten; die Gendarmen jagten es aus dem Wald, aber die Leute erschienen bald wieder auf der Wiese und bildeten da eine dichte Mauer von erregten Köpfen, längs der Brindille, auf der anderen Seite des Baches.

Nun gab der Arzt seine Auseinandersetzung zu Protokoll, die Renardet in sein Taschenbuch mit Bleistift eintrug. Alles wurde einzeln festgestellt, aufgeschrieben und besprochen, ohne zu irgendeiner Entdeckung zu führen. Auch Maxime war zurückgekehrt, ohne eine Spur von den, Kleidern gefunden zu haben.

Das erstaunte alle, niemand konnte es anders erklären, als durch Diebstahl. Und da die Lumpen des Mädchens nicht zwanzig Sous wert waren, so konnte man einen Diebstahl kaum annehmen.

– Der Untersuchungsrichter, der Bürgermeister, der Gendarmerieoffizier und der Arzt hatten zu zwei und zwei sich daran gemacht, zu suchen, und hoben die kleinsten Zweige längs des Baches auf.

Renardet sagte zum Untersuchungsrichter:

– Wie kommt es, dass der Elende die Lumpen versteckt oder mitgenommen und den Körper so vor aller Augen öffentlich liegen gelassen hat?

Der andere antwortete listig und alles voraussehend:

– He, he, vielleicht nur eine List. Das Verbrechen ist durch einen Lumpen ausgeführt worden oder durch einen gerissenen Schuft. Wir werden ihn jedenfalls schon finden.

Von Weitem klang das Rollen eines Wagens, und sie wendeten den Kopf.

Es war der Staatsanwaltssubstitut, der Gerichtsarzt und der Gerichtsschreiber, die nun ihrerseits ankamen. Man unterhielt sich über die Sache und begann von Neuem nachzusuchen.

Renardet sagte plötzlich: – Meine Herren, darf ich Sie zum Frühstück bitten.

Lächelnd nahmen sie alle an, und der Untersuchungsrichter, der fand, dass sie sich für heute genug mit der kleinen Roque beschäftigt hätten, wendete sich zum Bürgermeister:

– Ich kann wohl den Leichnam zu Ihnen bringen lassen, nicht wahr? Sie haben vielleicht irgendeinen Raum, um ihn bis heute Abend zu behalten.

Der andere wurde verlegen und stammelte:

– Jawohl … Nein, nein, – offen gestanden, wäre mir's lieber nicht, wegen, wegen meiner Dienstboten. Die reden schon von Gespenstern in meinem Turm, im Fuchsturm, wissen Sie, und dann behalte ich nicht einen einzigen mehr. Nein, lieber wäre mir's, sie käme nicht zu mir.

Der Beamte lächelte:

– Gut. Ich werde die Tote sofort nach Rouy zur gerichtsärztlichen Feststellung bringen lassen. – Er wendete sich zum Substituten und sagte:

– Kann ich Ihren Wagen dazu nehmen?

– Ja, selbstverständlich.

Sie kehrten alle zur Leiche zurück. Die alte Roque saß jetzt neben ihrer Tochter, hielt ihre Hände und starrte unbestimmt, wie geistesgestört, vor sich hin.

Die beiden Ärzte versuchten, sie fortzubringen, damit sie nicht sehen sollte, wie die Kleine fortgebracht wurde. Aber sie begriff sofort, was geschehen sollte, warf sich über den Leib, umarmte ihn, blieb darüber liegen und rief:

– Sie sollen ihn nicht haben, er gehört mir, jetzt gehört er noch mir. Man hat sie mir totgeschlagen, ich will sie behalten, ich gebe sie nicht her.

Die Männer blieben unentschlossen, verwirrt, um sie herum stehen. Renardet kniete nieder, um mit ihr zu sprechen:

– Seien Sie doch vernünftig, Frau Roque. Es muss sein, um herauszukriegen, wer sie getötet hat. Sonst erfährt man es nicht. Man muss ihn doch suchen, um ihn zu bestrafen. Sie bekommen Ihre Tochter wieder, wenn man ihn gefunden hat, das verspreche ich Ihnen.

Dieser Grund machte die Frau unsicher, und aus ihrem verzweifelten Blick leuchtete etwas wie Hass.

– Man wird ihn also fassen?

– Ja, das verspreche ich Ihnen.

Sie erhob sich, entschlossen, die Leute tun zu lassen, was sie wollten. Aber als der Offizier sagte: »Es ist doch sonderbar, dass man ihre Kleider nicht gefunden hat,« – kam ihrem Bauernverstand plötzlich ein Gedanke, und sie fragte:

– Wo sind denn ihre Lumpen? Die gehören, mir. Ich will sie haben. Wo hat man sie denn, hingetan?

Man erklärte ihr, dass sie nicht gefunden seien. Da verlangte sie, sie zu haben, mit verzweifelter Beharrlichkeit, heulte und stöhnte:

– Mir gehören sie, ich will sie haben. Mein sind sie, ich will sie haben.

Je mehr man versuchte, sie zu beruhigen, desto mehr schluchzte sie und wehrte sich. Sie wollte nicht mehr den Körper behalten, sie wollte die Kleider haben, die Kleider ihrer Tochter, vielleicht ebenso wohl aus Habgier eines armen Weibes, für das jedes winzige Stück ein Vermögen bedeutet, als aus mütterlicher Zärtlichkeit,

Und als der kleine Leib in Decken gewickelt, die man von Renardet geholt, im Wagen verschwunden war, rief die Alte, die unter den Bäumen stehen blieb und vom Bürgermeister und vom Offizier gehalten wurde:

– Ich habe nischt mehr, nischt mehr! Ich habe nischt mehr auf der Welt. Nischt mehr, nicht mal ihre kleene Mütze, ihre kleene Mütze. Ich habe nischt mehr, nicht mal ihre kleene Mütze!

Der Pfarrer war eben angekommen, ein junger, schon sehr wohlbeleibter Priester. Er übernahm es, die Roque fortzubringen, und sie gingen zusammen zum Dorf. Unter den süßen Worten des Geistlichen beruhigte sich der Schmerz der Mutter, denn er versprach ihr tausend andere Dinge. Aber sie sagte unausgesetzt: – Wenn ich nur ihre kleene Mütze hätte! – und blieb an dem Gedanken hängen, der alle anderen zurückgedrängt hatte.

Renardet rief von Weitem: – Sie kommen doch zum Frühstück, Herr Pfarrer. In einer Stunde.

Der Priester wendete sich um und antwortete:

– Sehr gern, Herr Bürgermeister. Um zwölf bin ich bei Ihnen.

Und alles strömte zum Haus, dessen graue Wände und dessen gewaltigen, an der Brindille aufgeführten Turm man durch die Zweige sah.

Die Mahlzeit dauerte lange. Man sprach vom Verbrechen. Alle waren derselben Ansicht, es müsste durch irgendeinen, zufällig in die Gegend gekommenen Landstreicher ausgeführt worden sein, während die Kleine gebadet hatte.

Dann kehrten die Herren nach Rouy zurück, nachdem sie angekündigt, dass sie am nächsten Tag frühzeitig wieder da sein würden. Der Arzt und der Pfarrer gingen nach Haus, während Renardet, nachdem er einen langen Spaziergang durch die Wiesen unternommen, wieder in den Hochwald ging, in dem er, bis es dunkel wurde, langsamen Schrittes, die Hände auf dem Rücken gefaltet, auf und ab lief.

Er ging zeitig zu Bett, und als der Untersuchungsrichter am anderen Morgen in sein Zimmer trat, schlief er noch. Der rieb sich die Hände, er schien zufrieden zu sein, und sagte:

– Ach, Sie schlafen noch. Nun, mein Lieber, wir haben etwas gefunden heute früh.

Der Bürgermeister setzte sich im Bett auf:

– Was denn?

– Nun, etwas sehr Sonderbares. Sie erinnern sich doch, wie die Mutter durchaus die Kleidungsstücke haben wollte, ein Andenken an ihre Tochter vor allen Dingen die kleine Mütze. Nun, als sie heute früh ihre Tür öffnete, hat sie auf der Schwelle die beiden kleinen Holzschuhe des Kindes gefunden. Das beweist, dass das Verbrechen von jemand aus der Gegend begangen worden ist, der Mitleid mit ihr gehabt hat. Und außerdem hat mir der Briefträger Médéric den Fingerhut, das Messer und die Nadelbüchse der Toten gebracht. Der Mörder hat also, wie er die Kleider mitnahm, um sie zu verstecken, die Gegenstände, die in der Tasche waren, herausfallen lassen. Mir erscheinen am wichtigsten die Holzschuhe, die bei dem Mörder ein gewisses moralisches Gefühl und eine Art Weichheit verraten lassen. Wenn es Ihnen also recht ist, wollen wir doch mal im großen Ganzen die Einwohner aus der Gegend durchsprechen.

Der Bürgermeister war aufgestanden, klingelte nach warmem Wasser zum Rasieren und sagte:

– Sehr gern, aber das wird sehr lange dauern. Wir können ja gleich anfangen.

Herr Putoin hatte sich rittlings auf einen Stuhl gesetzt, indem er seiner Reitpassion auch im Zimmer frönte.

Renardet seifte sich jetzt ein und blickte sich in den Spiegel. Dann zog er das Rasiermesser auf dem Leder ab und sagte: – Der wichtigste Einwohner von Carvelin heißt Josef Renardet, Bürgermeister, reicher Grundbesitzer, ein Mann, der Kutscher und Feldhüter prügelt.

Der Untersuchungsrichter begann zu lachen: – Genug! Der Nächste.

– Der nächst-wichtigste ist Herr Belledent, Viehzüchter, gleichfalls reicher Grundbesitzer, großer Pfiffikus, sehr gerissen, in allen Geldangelegenheiten gewiegt, aber meiner Ansicht nach unfähig, ein solches Verbrechen zu begehen.

Herr Putoin sagte:

– Weiter.

Da setzte Renardet, während er sich rasierte und wusch, die Durchmusterung sämtlicher Einwohner von Carvelin fort, und nachdem sie zwei Stunden geredet, hatten sie drei Menschen als ziemlich verdächtig ausgelesen: einen Wilddieb, Cavalle genannt, einen Forellen- und Lachsfischer, Paquet geheißen, und einen Viehhirten, dessen Name Clovis lautete.

II

Die Nachforschungen dauerten den ganzen Sommer über. Man fand den Verbrecher nicht. Die Leute, die man in Verdacht hatte und festnahm, konnten leicht ihre Unschuld beweisen, und das Gericht musste auf die Verfolgung des Schuldigen verzichten.

Aber dieser Mord schien die ganze Gegend in ganz ungewöhnlicher Weise erregt zu haben. Es war in den Seelen der Bewohner eine Unruhe und unbestimmte Angst, ein geheimnisvolles Entsetzen zurückgeblieben, das nicht nur daher kam, weil man keine Fährte entdecken konnte, sondern vor allem weil man seltsamerweise die Holzschuhe am anderen Morgen vor der Tür der Roque gefunden hatte. Die Gewissheit, dass der Mörder der Bergung der Leiche beigewohnt haben musste, dass er ohne Zweifel noch im Ort lebte, beschäftigte die Geister, quälte sie unausgesetzt und schien wie ein Alp auf der Gegend zu liegen.

Der Hochwald war seitdem ein gemiedener, gefürchteter Ort geworden, den man wie für verhext hielt. Früher gingen die Dorfbewohner Sonntag nachmittags dort spazieren, setzten sich zu Füßen der riesigen Bäume auf das Moos oder liefen am Wasser hin und beobachteten die Forellen, die unter den Wassergräsern hinhuschten. Die Knaben spielten Ball, Kegel oder mit Kugeln an bestimmten Stellen, die eben waren und wo die Erde festgetreten, und die Mädchen gingen, zu vier oder fünf untergehakt, spazieren, grölten mit ihren schrillen Stimmen Lieder, die den Ohren wehtaten und deren falsche Töne die ruhige Luft erfüllten und Zahnschmerzen verursachten wie scharfer Essig. Jetzt ging niemand mehr unter der hohen, dichten Wölbung spazieren, als hätte man gefürchtet, überall eine Leiche zu finden.

Der Herbst kam, die Blätter fielen, fielen Tag und Nacht, kamen flatternd, rund und leicht, längs der großen Bäume herab, und man konnte schon durch die Zweige ein Stück Himmel sehen. Ab und zu, wenn ein Windstoß die Kronen traf, verstärkte sich der langsame, ununterbrochene Blätterfall plötzlich und wurde ein wahrer rauschender Regen, der das Moos mit einem gelben Teppich bedeckte, der unter den Schritten raschelte. Und das fast unhörbare unausgesetzte Rauschen dieses Blätterfalls, süß und traurig, war wie eine Klage, und die Blätter sanken unablässig, wie Tränen, große Tränen, vergossen von den gewaltigen, traurigen Bäume, die da Tag und Nacht das Ende des Jahres beweinten, das Ende warmer Sommermorgen, süßer Abenddämmerungen, das Aufhören der warmen Winde, des klaren Sonnenscheines, die da vielleicht auch weinten über das Verbrechen, das sie in ihrem Schatten hatten begehen sehen, weinten über das vergewaltigte, zu ihren Füßen getötete Kind. Sie weinten in der Stille des kleinen verlassenen Waldes, des gemiedenen und gefürchteten Gehölzes, in dem die Seele, die kleine Seele der kleinen Toten allein umherirren müsste.

Die Brindille, durch Regengüsse angeschwollen, lief schneller dahin, gelb und heftig, zwischen den vertrockneten Uferrändern, zwischen zwei Hecken von mageren, kahlen Weiden.

Da kam Renardet plötzlich wieder in den Wald, sich dort zu ergehen. Täglich, wenn es Abend wurde, verließ er sein Haus, ging mit langsamen Schritten die Treppe hinab und, nachdenklich die Hände in den Taschen, unter die großen Bäume. Er lief lange Zeit auf dem feuchten, weichen Moos hin, während eine ganze Legion von Raben, die aus der Nachbarschaft herbeigeeilt waren, um in den großen Wipfelkronen zu übernachten, zum

Himmel aufflogen, wie ein riesiger Trauerschleier, der im Winde flattert, und laut und unheimlich krächzten.

Manchmal ließen sie sich nieder und besäten die sich vom roten Himmel, vom blutigen Himmel des Herbstsonnenunterganges abhebenden Zweige mit schwarzen Flecken. Dann flogen sie plötzlich wieder fort und krächzten fürchterlich, indem sie wieder über den Wald sich in langer, trauriger, dunkler Kette ausbreiteten.

Endlich ließen sie sich auf den höchsten Gipfeln nieder, und allmählich erstarb ihr Lärm, während die sinkende Nacht ihr schwarzes Gefieder im Dunkel des Himmels verschwimmen ließ.

Renardet irrte noch immer langsam zwischen den Bäumen umher. Wenn dann die tiefe Dunkelheit ihm nicht mehr erlaubte, spazieren zu gehen, kehrte er heim, fiel wie erschlagen in seinen Lehnstuhl vor dem lodernden Kamin und streckte seine feuchten Füße gegen das Feuer, dass die Sohlen lange an der Flamme dampften.

Da verbreitete sich eines Tages eine große Neuigkeit im Land: Der Bürgermeister ließ den Hochwald schlagen.

Zwanzig Waldarbeiter arbeiteten schon. Sie hatten an der Ecke begonnen, die seinem Haus am nächsten lag, und kamen unter Aufsicht des Herrn schnell vorwärts.

Zuerst kletterten Leute am Stamm hinauf, um die Äste abzuschlagen.

Durch einen Strick waren sie an den Baum gebunden, umschlangen ihn mit den Armen, hoben dann ein Bein und schlugen, eine Eisenspitze an der Sohle, kräftig hinein. Die Spitze bohrte sich ins Holz, blieb darin, und dann erhob sich der Mann wie auf einer Treppenstufe, mit dem anderen Fuß die andere Spitze einzuhauen, auf der er wieder stehen blieb, um die nächste Stufe mit dem anderen Fuß zu erklimmen.

Und bei jedem Schritt schiebt er die Seilschlinge, die ihn an dem Baum hält, höher. An der Hüfte hängt und blitzt das Beil. Er klettert langsam wie ein Schmarotzer, der einen Riesen angreift, er klettert schwer an der riesigen Säule hinauf, sie umschlingend und ihr die Sporn gebend um ihr den Kopf abzuschlagen.

Sobald er an die ersten Zweige kommt, bleibt er halten, nimmt von der Seite das scharfe Beil und schlägt, schlägt langsam, methodisch, indem er ganz nahe am Stamm den Ast einkerbt. Und plötzlich kracht dieser, beugt sich, bricht zusammen, reißt sich los, fällt hin, indem er in seinem Sturz die Nachbarbäume streift, dann mit dem Lärm niederbrechenden Holzes fällt er zur Erde, und alle kleinen Ästchen zittern noch lange nach.

Der Boden bedeckte sich mit Ästen, die andere Männer nun zerstückelten, in Bündel zusammenbanden, aufhäuften, während die noch stehen geblieben Bäume aussahen wie Riesensäulen, gewaltige Amputierte, durch das schneidende Messer abrasierte Pfähle.

Und wenn der Mann, der die Zweige abschlug, fertig war, ließ er an der geraden schmalen Spitze die Seilschlinge, die er mit hinaufgebracht, stieg dann mit Sporenschlägen längs des entkronten Stammes wieder hinab, den die Baumfäller dann an der Wurzel angriffen, indem sie mit lauten Schlägen arbeiteten, die in den noch stehenden Bäumen ihr Echo fanden.

Wenn der Einschnitt am Fuß tief genug zu sein schien, begannen ein paar Leute, unter taktmäßigem Anruf, an dem großen Seil, das in der Krone befestigt war, zu ziehen, plötzlich krachte der gewaltige Mast, fiel zu Boden mit dumpfem Getöse und der Erschütterung eines fernen Kanonenschusses.

Und der Wald nahm täglich ab, verlor die gefällten Bäume, wie eine Armee die Soldaten verliert.

Renardet wich nicht mehr von der Stelle. Vom Morgen bis zum Abend blieb er unbeweglich, die Hände auf dem Rücken gefaltet, stehen und betrachtete das langsame Sterben seines Waldes. Wenn ein Baum gefallen war, setzte er den Fuß darauf wie auf eine Leiche. Dann hob er die Augen zum nächsten mit einer Art geheimer Ungeduld, unruhig, als hätte er am Schluss dieses Mordens irgendetwas erwartet.

Nun kamen sie der Stelle nahe, wo man die kleine Roque gefunden hatte, und endlich, als die Dämmerung hereingebrochen war, gelangten sie bis dorthin.

Da es dunkel war und Wolken am Himmel standen, wollten die Arbeiter aufhören, um am nächsten Morgen eine gewaltige Buche zu fällen. Aber der Herr mochte davon nichts wissen und verlangte, dass man den Koloss, der das Verbrechen beschattet hatte, sofort entholzte und fällte.

Als der Mann, der die Zweige abschlug, den Stamm kahl gemacht, ihn so in die Tracht des zum Tode Verurteilten gekleidet und die Baumfäller unten den Stamm eingekerbt hatten, begannen fünf Mann an dem Seil, das am Wipfel hing, zu ziehen.

Der Baum widerstand. Sein mächtiger Stamm, obgleich er bis zur Mitte eingeschnitten war, schien fest wie Eisen. Die Arbeiter spannten immer zugleich in regelmäßigem Anziehen das Seil, indem sie sich beinah zu Boden warfen und einen halbunterdrückten Schrei ausstießen, der ihre Anstrengung zeigte und regulierte.

Zwei Baumfäller standen neben dem Riesen, die Axt in der Hand wie zwei Henkersknechte, bereit noch zuzuschlagen, und Renardet wartete unbeweglich, die Hand auf der Rinde, mit nervöser Unruhe auf den Sturz.

Einer der Leute sagte:

– Sie stehen zu nah, Herr Bürgermeister.. Wenn er fällt, könnte er Sie treffen.

Er antwortete nicht und wich nicht vom Platz, als wollte er selbst die Buche mit den Armen umfassen, um sie niederzukämpfen wie ein Ringer.

Plötzlich klang im Fuße der hohen Holzsäule etwas wie ein Reißen, das kurz bis zum Gipfel lief gleich einem schmerzlichen Stöhnen, der Baum neigte sich ein wenig, zum Sturz bereit, aber widerstand noch.

Die Männer spannten alle Kräfte an und zogen noch einmal stärker. Und als der Baum zusammenbrach, tat Renardet plötzlich einen Schritt vorwärts, blieb dann stehen mit erhobenen Schultern, um den unwiderstehlichen Schlag zu empfangen, den tödlichen Schlag, der ihn zu Boden schmettern sollte.

Aber die Buche war etwas aus der Richtung gekommen und streifte ihn nur ein wenig, indem sie ihn fünf Meter weit aufs Gesicht fortschleuderte. Die Arbeiter eilten hinzu, um ihn aufzuheben. Er hatte sich schon selbst aufgerichtet, kniete, blickte verzweifelt um sich, wischte sich über die Stirn, als ob er aus einem Anfall von Tollheit erwacht.

Als er wieder stand, befragten ihn die erstaunten Leute. Sie begriffen nicht, was er getan. Er antwortete stammelnd, er wäre einen Augenblick nicht bei Sinnen gewesen, er hätte einen Moment einen kindischen Einfall gehabt und geglaubt, es wäre noch Zeit, unter dem Baum vorbei zu kommen, wie die Jungen manchmal vor einem daherbrausenden Wagen noch vorüberlaufen. Er habe mit der Gefahr gespielt. Seit acht Tagen schon fühle er die Lust in sich immer größer werden und frage sich jedes Mal, wenn ein Baum krache, um zu stürzen, ob er nicht noch darunter durchlaufen könne, ohne getroffen zu werden. Es war Unsinn, das gab er zu, aber jeder Mensch habe seine verrückten Augenblicke und seine kindischen Einfälle.

Er sprach langsam, nach den Worten suchend, mit dumpfer Stimme. Dann ging er fort und sagte: – Auf Wiedersehen, liebe Freunde, morgen.

Sobald er in sein Zimmer zurückgekehrt war, setzte er sich an den Tisch, den die Lampe, mit dem Schirm darauf, hell erleuchtete, stützte die Stirn in die Hand und begann zu weinen.

Er weinte lange, dann wischte er sich die Augen, hob den Kopf, blickte auf zur Uhr. Es war noch nicht sechs. Er dachte: »Ich habe noch Zeit vor dem Essen.« Er ging zur Tür, schloss sie ab, dann setzte er sich wieder vor den Schreibtisch, zog das Mittelfach auf, nahm einen Revolver heraus und legte ihn in den Lichtschein der Lampe auf seine Papiere. Der Stahl der Waffe leuchtete und glitzerte wie Feuer.

Renardet betrachtete ihn einige Zeit mit dem unbestimmten Blick eines Trunkenen. Dann erhob er sich und begann auf und ab zu schreiten.

Er ging von einem Ende des Zimmers bis zum anderen, ab und zu blieb er stehen, dann setzte er den Spaziergang fort.

Plötzlich öffnete er die Tür des Toilettenzimmers, tauchte ein Handtuch in den Wasserkrug, und netzte sich die Stirn, wie er es am Morgen des Verbrechens getan. Darauf begann er wieder hin und her zu laufen, und jedes Mal, wenn er am Schreibtisch vorüberkam, zog die blitzende Waffe seinen Blick auf sich, dass ihm die Hand danach zuckte. Aber er spähte zur Uhr und dachte: »Ich habe noch Zeit.«

Es schlug halb sieben Uhr. Da nahm er den Revolver, öffnete groß den Mund mit furchtbarer Fratze, steckte die Mündung hinein, als wollte er sie verschlucken, blieb so unbeweglich ein paar Sekunden, den Finger auf dem Abzuge, – dann spuckte er plötzlich, von Entsetzen übermannt, die Waffe auf den Boden. Und er fiel wieder schluchzend in seinen Stuhl zurück. – »Ich kann nicht, ich wage es nicht. Mein Gott, mein Gott, was soll ich nur anfangen, dass ich Mut habe, mich zu töten.«

Man klopfte an der Tür. Erschrocken fuhr er auf. Der Diener rief:

– Es ist angerichtet. – Er antwortete: – Schön, ich komme.

Dann hob er die Waffe auf, schloss sie wieder in das Fach ein und betrachtete sich dann im Spiegel des Kamins, um zu sehen, ob sein Gesicht nicht zu verstört wäre. Er war rot wie immer, vielleicht etwas röter als sonst. Sonst sah man ihm nichts an. Er ging hinab und setzte sich zu Tisch.

Er aß langsam, wie jemand, der die Mahlzeit möglichst verlängern und nicht allein mit sich bleiben will. Dann rauchte er mehrere Pfeifen, während man abdeckte, und ging wieder in sein Zimmer hinauf.

Sobald er sich eingeschlossen hatte, blickte er unter sein Bett, öffnete alle Schränke, durchsuchte alle Ecken, alle Möbel, steckte dann die Lichter auf seinem Kamin an, drehte sich ein paar Mal herum, durchforschte mit den Augen die ganze Wohnung, mit der Qual des Entsetzens, die ihm die Züge verzerrte. Denn er wusste wohl, dass er sie erblicken würde, wie jede

Nacht, die kleine Roque, das kleine Mädchen, das er genotzüchtigt und dann erwürgt hatte.

Jede Nacht begann die furchtbare Vision von Neuem. Zuerst tönte ihm in den Ohren etwas wie ein Schnarchen oder wie das entfernte Rauschen eines Zuges über eine Brücke. Da kam er außer Atem, rang nach Luft und musste seinen Hemdkragen öffnen und den Hosenriegel. Er ging hin und her, um das Blut wieder in Bewegung zu bringen und versuchte zu lesen, er versuchte zu singen, alles vergebens. Gegen seinen Willen kehrten seine Gedanken immer zu dem Tage des Mordes zurück und bis auf die kleinsten Einzelheiten ließen sie ihn denselben mit allen heftigen Gemütsbewegungen, von der ersten Minute bis zur letzten, von neuem durchleben.

Er hatte am Morgen des furchtbaren Tages den Kopf etwas benommen gefühlt, Kopfschmerzen, die er der Hitze zuschrieb, sodass er bis zum Frühstück auf seinem Zimmer geblieben war. Nach dem Essen hatte er geschlafen, dann war er am Spätnachmittag ausgegangen, um frische kühlende Luft unter den Bäumen seines Waldes zu atmen.

Aber sobald er draußen war, bedrückte ihn die schwere brennende Luft der Ebene noch mehr. Die Sonne stand noch hoch am Himmel und warf auf die vertrocknete, durstende Erde glühende Lichtstrahlen herab. Kein Windhauch regte sich in dem Blättern, alle Tiere, die Vögel, die Heuschrecken sogar, schwiegen. Renardet trat unter die hohen Bäume, ging auf dem Moos hin, auf das die Brindille ein wenig Frische unter dem gewaltigen Blätterbach ausströmte. Aber ihm war nicht wohl zumute, als drückte ihm eine unbekannte, unsichtbare Hand den Hals zu. Er dachte fast an nichts, wie er gewöhnlich nicht viel Ideen im Kopf hatte. Nur ein unbestimmter Gedanke quälte ihn seit drei Monaten, der, wieder zu heiraten. Er litt darunter, allein zu sein, moralisch und physisch. Er war seit zehn Jahren daran gewöhnt, eine Frau bei sich zu fühlen, sie immer da zu haben, gewöhnt an ihre tägliche Nähe, und er hatte ein unbestimmtes, dringendes Bedürfnis, immer mit ihr zusammen zu sein, ein Bedürfnis nach der regelmäßigen Befriedigung seiner Sinne. Seit dem Tode seiner Frau litt er ununterbrochen, ohne recht zu wissen warum. Er litt darunter, dass er nicht mehr ihr Kleid an seiner Seite rauschen fühlte, und vor allen Dingen, dass er sich nicht mehr beruhigen, befriedigen konnte in ihren Armen. Seit kaum einem halben Jahr war er Witwer und suchte doch schon in der Umgebung, welches junge Mädchen oder welche Witwe er heiraten könnte, wenn seine Trauer zu Ende wäre.

Er besaß eine keusche Seele, die aber in einem gewaltigen, herkulischen Körper wohnte, und sinnliche Träume begannen ihn Tag und Nacht zu quälen. Er suchte sie zu verjagen, sie kehrten wieder, und er flüsterte, über sich selbst lächelnd, ab und zu: »Mir geht's wie dem heiligen Antonius.«

An jenem Morgen hatte er mehrere jener quälenden Gedanken gehabt, und plötzlich kam ihm der Wunsch, in der Brindille zu baden, um sich zu erfrischen und sein Blut zu beruhigen.

Er kannte ein Stück weiter hinauf eine tiefe breite Stelle, wo die Leute der Gegend manchmal im Sommer badeten. Dorthin ging er.

Die dichten Weiden versteckten dieses helle Bassin, in dem der Bach langsamer lief und etwas auszuruhen schien, ehe er weiter eilte. Als Renardet nahe kam, glaubte er ein leichtes Geräusch zu hören, ein Plätschern, das nicht vom Anschlagen des Wassers an die Ufer kam. Er schob vorsichtig die Blätter auseinander und blickte hin. Mit beiden Händen klatschte ein kleines Mädchen, ganz nackt, ganz weiß, im durchsichtigen Wasser die Wellen, sie sprang umher und drehte sich mit niedlichen Bewegungen im Kreise. Es war kein Kind mehr und noch keine Frau. Sie war voll und ausgebildet und hatte doch etwas Kindliches, schnell gewachsen, fast reif. Ganz erstaunt blieb er regungslos stehen, eine seltsame Erregung schnitt ihm den Atem ab. Mit klopfendem Herzen, als ob einer seiner sinnlichen Träume Wahrheit geworden wäre, blieb er stehen, als ob eine unreine Fee vor ihm dieses verführerische und zu junge Wesen hätte erscheinen lassen, diese kleine bäuerliche Venus geboren aus den Wirbeln des Baches, wie die andere große Schaumgeborene aus den Fluten des Meeres.

Plötzlich stieg das Kind aus dem Bade und ging, ohne ihn zu bemerken, auf ihn zu, um ihre Kleider zu holen und sich wieder anzuziehen. Wie sie mit kleinen zögernden Schritten sich ihm näherte, ängstlich wegen der spitzen Steine, fühlte er sich in unwiderstehlicher Gewalt zu ihr hingezogen, durch ein viehisches Gelüst, das seinen ganzen Leib durchbebte, seine Seele in Fesseln schlug und ihn erzittern ließ vom Fuß bis zum Kopf.

Sie blieb ein paar Sekunden hinter der Weide, die ihn verbarg, stehen. Da verlor er alle Vernunft, schlug die Zweige zurück, warf sich auf sie, packte sie mit den Armen, sie fiel, war zu erschrocken, um zu widerstehen, zu entsetzt, um zu schreien, und er besaß sie, ohne zu begreifen, was er tat.

Er erwachte aus seinem Verbrechen, wie aus einem schweren Traum. Das Kind begann zu weinen.

Er sagte: – Schweige doch, schweige doch. Ich werde dir Geld geben.

Aber sie hörte nicht und schluchzte. Er wiederholte:

– So schweige doch, schweige doch, schweige doch! Sei doch ruhig.

Sie heulte und wand sich, ihm zu entfliehen. Da sah er plötzlich ein, dass er verloren war. Er packte sie beim Hals, um in ihrer Kehle ihre herzzerreißenden, furchtbaren Klagen zu ersticken. Wie sie sich mit der Verzweiflung eines Wesens, das dem Tode entgehen will, wehrte, schloss er seine gewaltigen Hände um ihren kleinen, vom Schreien geblähten Hals und hatte sie nach ein paar Augenblicken erwürgt, so schnürte er die Finger zusammen, gar nicht in der Absicht, sie zu töten, nur ruhig sollte sie sein. Dann erhob er sich in Entsetzen.

Sie lag vor ihm, blutig, mit schwarzem Gesicht. Er wollte davon laufen, als in seiner verstörten Seele der unbestimmte Instinkt aufstieg, der alle Wesen leitet, die sich in Gefahr befinden.

Er wollte den Körper ins Wasser werfen, aber eine andere Regung trieb ihn dazu, zuerst die Kleider zu verstecken, die er in ein winziges Packet zusammenwickelte. Da er Bindfaden in der Tasche hatte, band er es zusammen und versteckte es in einem tiefen Loch des Baches unter einem Baumstamm, dessen Fuß die Brindille bespülte.

Dann ging er mit langen Schritten hin auf die Wiesen, machte einen riesigen Umweg, um sich den Bauern zu zeigen, die weit entfernt auf der anderen Seite wohnten, und kehrte zur gewöhnlichen Stunde zum Essen heim, indem er seinen Leuten von dem großen Spaziergang erzählte, den er gemacht.

Die Nacht schlief er, schlief wie ein Vieh, wie wohl die zum Tode Verurteilten manchmal schlafen mögen. Er schlug die Augen erst beim ersten Tagesdämmern auf und wartete, in der Furcht vor der Entdeckung des Verbrechens, seine gewöhnliche Aufstehstunde ab.

Dann musste er all den Untersuchungen beiwohnen. Er tat es, wie ein Schlafwandler, in einer geistigen Abwesenheit, die ihm Dinge und Menschen wie im Traum zeigte, in einer Wolke von Trunkenheit, in jenem Zustand der Unbewusstheit, der die Menschen angesichts großer Katastrophen überkommt.

Nur der durchdringende Schrei der alten Roque schnitt ihm ins Herz. In diesem Augenblick hätte er sich der alten Frau zu Füßen werfen mögen und rufen: »Ich bin es gewesen.« Aber er beherrschte sich, ging jedoch während der Nacht hinaus, um die Holzschuhe der Toten herauszufischen und sie der Mutter auf die Schwelle zu legen. Während der Untersuchung, während er das Gericht leiten und irreleiten musste, war er gefasst, Herr seiner selbst, gerissen, lächelnd. Ganz ruhig besprach er mit dem Beamten alle Möglichkeiten, die ihnen durch den Kopf schossen, bekämpfte ihre Überlegungen und stieß ihre Schlüsse um. Es machte ihm sogar ein gewisses bitteres und schmerzliches Vergnügen, sie in Verwirrung zu setzen und die Unschuld derer, die sie in Verdacht hatten, zu beweisen.

Aber vom Tage ab, wo die Untersuchung eingestellt war, wurde er allmählich nervös, erregbarer noch als früher, obgleich er seinen Jähzorn möglichst dämpfte. Ein unerwartetes Geräusch ließ ihn vor Angst zusammenfahren, er zitterte bei der geringsten Veranlassung, schauerte manchmal von Kopf bis zu Fuß zusammen, wenn sich nur eine Fliege auf seine Stirn setzte. Da überkam ihn ein unwiderstehliches Bedürfnis sich Bewegung zu machen, es zwang ihn zu abenteuerlichen Gängen, hielt ihn die ganze Nacht hindurch wach, und ließ ihn im Zimmer auf und ab laufen.

Es waren nicht Gewissensbisse, die ihn quälten, seine brutale Natur überkam keine Gefühlsregung oder moralische Furcht. Er war ein Mann der Tat, sogar ein Gewaltmensch, eigentlich zum Krieg geboren, um eroberte Länder zu verwüsten und die Besiegten zu töten, voll wilder Jäger- und Kämpferinstinkte. Und so zählte ein Menschenleben für ihn nicht viel; obgleich er aus Schlauheit vor der Kirche seinen Kratzfuß machte, glaubte er weder an Gott noch an den Teufel und erwartete infolgedessen in einem anderen Leben weder Strafe noch Belohnung für das, was er in diesem Dasein getan. Statt alles Glaubens, hatte er sich eine Art unbestimmter Philosophie zurechtgelegt, Ideen der Enzyklopädisten des vorigen Jahrhunderts zusammengetragen, und er betrachtete die Religion als moralische Sanktion des Gesetzes, beide von den Menschen erfunden, um den Verkehr unter ihnen zu regeln.

Jemand im Duell, im Krieg, bei einem Streit, einem Unglücksfall, aus Rache oder sogar Prahlerei zu töten, erschien ihm ganz spaßhaft und schneidig, und es würde in seinem Geist keinen tieferen Eindruck hinterlassen haben, als ob er einen Hasen geschossen hätte. Aber der Mord an diesem Kind hatte ihn tief gepackt. Erstens hatte er ihn in der Verrücktheit einer unwiderstehlichen Trunkenheit begangen, in einem Ansturm der Sinne, der ihm den Verstand genommen. Und dann hatte er in seinem Herzen, in seinem Fleisch, auf den Lippen, sogar bis in seine mörderischen Finger, etwas wie einen viehischen Liebestrieb bewahrt für dieses kleine Mädchen, das er überrascht und feig getötet hatte. Gleichzeitig aber ein fürchterliches Entsetzen. Alle Augenblicke stand die Scene wieder vor seinen Augen, und obgleich er sich zwang, das Bild zu verjagen, obgleich er es mit Grauen, mit Ekel aus seinem Geist zu entfernen suchte, fühlte er es in seinem Hirn, fühlte er es um sich herum, jeden Augenblick bereit wieder aufzutauchen.

Nun begann er vor den Abenden Angst zu haben, vor der Dunkelheit um sich herum. Er wusste noch nicht, warum die Dunkelheit ihm so schrecklich erschien, aber aus Instinkt fürchtete er sich davor, er fühlte, dass sie erfüllt war mit Schreckgespenstern. Der helle Tag hat nichts so Schreckhaftes; man sieht die Dinge und die Wesen, man begegnet nur natürlichen Dingen und Wesen, die sich bei Tageslicht zeigen können. Aber die Nacht, die unendliche Nacht, dichter als Mauern, ist leer, die unendliche Nacht so schwarz, so weit, dass ihm fürchterliche Dinge darin begegnen können. Die Nacht, in der man etwas umherirren, ein wundersames Entsetzen auf und ab gehen fühlt, die Nacht schien ihm eine unbekannte Gefahr zu bergen, nahe und drohend. Aber welche?

Er erfuhr es bald. Als er, es war schon sehr spät, eines Abends nicht schlafen konnte und in seinem Lehnstuhl saß, meinte er plötzlich zu sehen, wie der Vorhang am Fenster sich bewegte. Er wartete mit klopfendem Herzen, der Vorhang rührte sich nicht mehr. Aber plötzlich bewegte er sich wieder, wenigstens dachte er, dass er sich bewege. Er wagte nicht aufzustehen, er wagte nicht zu atmen, und doch war er mutig, hatte sich oft geschlagen, und es hätte ihm Spaß gemacht, Einbrecher bei sich abzufassen.

Bewegte sich der Vorhang wirklich? Er fragte es sich, in der Furcht, vor einer Augentäuschung zu stehen; außerdem war es so wenig, ein leises Rauschen des Stoffes, eine Art Zittern in den Falten, kaum eine Wellenbewegung, wie sie der Wind verursacht. Renardet starrte hin, streckte den Hals aus, plötzlich sprang er auf, er schämte sich vor seiner Furcht. Er machte vier Schritte, packte den Vorhang mit beiden Händen und zog ihn auseinander. Zuerst sah er nichts, als die schwarzen Fensterscheiben, schwarz wie der glänzende Spiegel auf der Tinte. Dahinter lag die Nacht, die tiefe, undurchdringliche Nacht und dehnte sich bis zum undurchdringlichen Horizont aus. Er blieb vor der unendlichen Dunkelheit stehen, und plötzlich, sah er einen Schein, ein Licht, das sich hin und her zu bewegen schien, in weiter Ferne. Da legte er die Stirn an die Fensterscheibe. Er dachte, ein Krebsfischer wildert wahrscheinlich in der Brindille. Denn es war Mitternacht vorüber, und der Schein lief im Wald am Wasser hin. Da er noch nichts unterscheiden konnte, legte Renardet beide Hände rechts und links an die Augen. Plötzlich wurde dieser Schein zur großen Helle, und er sah die kleine Roque nackt und blutig, auf dem Moos liegen.

Starr vor Schrecken wich er zurück, stieß an den Stuhl und fiel hintenüber. Ein paar Minuten blieb er verzweifelt liegen, dann setzte er sich und begann nachzudenken. Er hatte eine Sinnestäuschung gehabt, mehr nicht. Eine Täuschung, die daher gekommen war, dass ein Fischdieb mit seiner

Laterne am Wasser hinlief. Und was war Sonderbares daran, wenn die Erinnerung an sein Verbrechen ihm ab und zu das Bild der Toten zeigte?

Nachdem er sich erhoben hatte, trank er ein Glas Wasser und setzte sich hin. Er dachte: »Was soll ich tun, wenn es wieder anfängt?« Und er fühlte es, er war dessen gewiss, es würde wieder beginnen. Schon zog das Fenster seinen Blick an, rief ihn und lockte ihn. Um es nicht mehr zu sehen, drehte er den Stuhl herum, nahm ein Buch und versuchte, zu lesen. Aber es war, als hörte er etwas sich hinter ihm bewegen, und blitzschnell drehte er seinen Lehnstuhl herum. Der Vorhang bewegte sich wieder, ganz bestimmt, diesmal hatte er sich bewegt, er konnte nicht daran zweifeln. Er stürzte hinzu und packte ihn so heftig, dass er ihn mit der Stange zu Boden warf. Dann presste er gierig die Stirn gegen die Scheiben. Er sah nichts, alles war draußen dunkel. Und er atmete auf, glücklich wie ein Mann, dem man das Leben gerettet hat.

Er kehrte also zurück und setzte sich wieder hin. Aber beinah augenblicklich packte ihn wieder die Lust, zum Fenster hinzusehen. Seitdem der Vorhang herabgefallen war, sah es aus, wie ein dunkles Loch, das seinen Blick mit furchtbarer Gewalt hinaus in die dunkle Weite zog. Um dieser gefährlichen Verlockung nicht zu folgen, zog er sich aus, löschte das Licht, legte sich zu Bett und schloss die Augen.

Er lag unbeweglich auf dem Rücken, seine Haut war warm und feucht, und er wartete auf den Schlaf. Plötzlich sah er hinter den Lidern ein helles Licht. Er öffnete die Augen, er meinte, es brenne. Alles war dunkel, und er stemmte sich auf den Ellbogen und versuchte nach dem Fenster zu blicken, das ihn unwiderstehlich anzog. Wie er die Augen anstrengte, sah er ein paar Sterne. Er erhob sich, ging auf den Fußspitzen durch das Zimmer, tastete an die Fensterscheibe mit ausgestreckten Händen und legte die Stirn daran. Da drüben unter den Bäumen leuchtete der Körper des Mädchens wie Phosphor und erhellte die Dunkelheit ringsum.

Renardet stieß einen Schrei aus, rannte zum Bett zurück und blieb dort, den Kopf unter die Kissen versteckt, bis zum Morgen liegen.

Von diesem Augenblick ab wurde sein Dasein unerträglich. Seine Tage brachte er hin in der Furcht vor den Nächten, und jede Nacht begann die Vision von Neuem. Kaum hatte er sich in seinem Zimmer eingeschlossen, so kämpfte er dagegen, doch vergeblich. Eine unwiderstehliche Kraft trieb ihn an die Fensterscheibe, als wollte er das Gespenst herbeirufen, und sofort sah er es, zuerst am Ort des Verbrechens liegen mit geöffneten Armen, auseinander gespreizten Beinen, wie man die Leiche gefunden. Dann stand die Tote auf, kam mit langsamen Schritten auf ihn zu, wie es das Kind getan, als es das Wasser verlassen. Sie kam langsam, gerade über den Rasen heran, über das Beet, auf dem die Blumen vertrockneten, dann erhob sie sich in die Luft und näherte sich dem Fenster, an dem Renardet stand. Sie kam zu, ihm, wie sie am Tage des Verbrechens dem Mörder entgegengelaufen war. Und der Mann wich, vor der Erscheinung zurück, zurück bis zum Bett, sank darauf nieder; er wusste genau, die Kleine war hereingekommen, stand nun hinter dem Vorhang, der sich bewegen würde. Und bis Tagesanbruch blickte er mit starren Augen auf den Vorhang, unausgesetzt erwartend, dass sein Opfer hervortreten würde. Aber sie zeigte sich nicht mehr, sie blieb da unter dem Stoff, der ab und zu zitterte. Und Renardet presste die zusammengekrampften Finger in die Bettücher, wie er damals die Gurgel der kleinen Roque zusammengedrückt. Er hörte die Stunden schlagen, hörte in dem großen Schweigen den Pendel der Uhr gehen und hörte das Klopfen seines Herzens. Und der Elende litt mehr, denn je ein Mensch gelitten.

Sobald dann an der Decke der erste helle Schein erschien, den Tag ankündigend, fühlte er sich befreit, endlich allein, allein in seinem Zimmer. Und er legte sich hin, schlief ein paar Stunden fieberhaft und unruhig, und oft erschien in seinem Traum die Vision seiner wachen Stunden wieder.

Wenn er dann später mittags zum Frühstück hinunterging, fühlte er sich zerschlagen wie nach gewaltiger Anstrengung. Er aß kaum, immer quälte ihn die Furcht vor ihr, die er in der kommenden Nacht wiedersehen würde.

Und er wusste doch genau, dass es keine Erscheinung war, denn die Toten kommen nicht wieder, sondern dass seine kranke Seele, seine von dem einen Gedanken, von der einen unvergesslichen Erinnerung gepeinigte Seele die einzige Ursache seiner Qual war, die einzige Erweckerin der Toten, die sie gerufen und vor seine Augen gezaubert, vor denen das Bild unauslöschlich stand. Aber er wusste auch, dass er nicht davon gesunden würde, dass er niemals der furchtbaren Qual, der Erinnerung entgehen konnte. Und er beschloss, lieber zu sterben, als das noch länger zu ertragen.

Da suchte er ein Mittel, sich zu töten. Er wollte es auf einfache, natürliche Weise tun, sodass der Gedanke an einen Selbstmord nicht aufkam. Denn er hielt auf den Namen, den ihm sein Vater hinterlassen, und wenn man den Grund seines Todes ahnte, würde man wahrscheinlich an das unaufgeklärte Verbrechen denken, an den nicht gefundenen Mörder, und ihn anklagen.

Ein seltsamer Gedanke war ihm gekommen, der: sich von dem Baum erschlagen zu lassen, an dessen Fuß er die kleine Roque getötet. Er entschloss sich also, den Hochwald fällen zu lassen, und zu tun, als wäre ein Unglück geschehen. Aber die Buche wollte ihn nicht zerschmettern.

Als er heimgekehrt war in tiefster Verzweiflung, hatte er seinen Revolver genommen, aber dann, nicht gewagt zu schießen.

Es war Essenszeit, er hatte gegessen, war wieder hinaufgegangen und wusste nicht, was er tun sollte. Er fühlte sich jetzt feig, wo er einmal dem Tod entschlüpft war. Vorhin war er ganz bereit, stark, entschlossen, Herr seines Willens und Mutes gewesen; jetzt war er schwach, hatte Furcht vor dem Tode, ebenso wie vor der Toten.

Er stammelte: »Ich wage es nicht mehr, ich wage es nicht mehr!« – und sah mit Entsetzen bald auf die Waffe auf dem Tisch, bald auf den Vorhang, der das Fenster verhüllte. Und es war ihm, als ob etwas Furchtbares eintreten würde, wenn sein Leben aufhörte. Etwas, – was? Vielleicht ihre Erscheinung? Sie spähte nach ihm, sie wartete auf ihn, sie rief ihn, um nun ihn vorzunehmen, um ihn in den Bereich ihrer Rache zu bringen, um ihn zum Selbstmord zu zwingen, deswegen hatte sie sich jeden Abend gezeigt.

Er begann zu weinen wie ein Kind und sagte vor sich hin: »Ich wage es nicht mehr, ich wage es nicht mehr.« Dann fiel er auf die Kniee und stammelte: mein Gott! Mein Gott!«, obgleich er an Gott nicht glaubte. Und er wagte in der Tat nicht mehr zum Fenster zu blicken, wo er die Erscheinung versteckt wusste, noch nach dem Tisch, von dem sein Revolver leuchtete.

Als er aufgestanden war, sagte er laut: "So geht das nicht weiter, ich muss ein Ende machen.« Der Ton seiner Stimme, der in dem schweigenden Zimmer klang, ließ ihm einen Schauer über die Glieder laufen. Aber da er zu keinem Entschluss kam, da er fühlte, dass der Finger seiner Hand sich immer weigern würde, den Abzug der Waffe zu berühren, kehrte er zum Bett zurück, versteckte den Kopf unter die Decken und dachte nach.

Er musste etwas finden, das ihn zwang, zu sterben, irgendeine List ersinnen gegen sich selbst, dass er nicht mehr zögern konnte, dass es keinen Aufschub, kein Bedauern mehr gab. Er beneidete die zum Tode Verurteilten, die man durch die Reihen der Soldaten zum Schafott führt. Wenn er doch jemand bitten könnte, ihn zu erschießen, wenn er seinen Seelenzustand beichten könnte, einem sicheren Freund beichten, der ihn nie verriet, damit der ihn töte! Aber wen sollte er um diesen furchtbaren Liebesdienst bitten? Wen? Er suchte unter seinen Bekannten. Den Arzt? Nein, er würde es später gewiss erzählen. Und plötzlich durchschoss ein seltsamer Gedanke sein Hirn: Er wollte dem Untersuchungsrichter, den er genau kannte, schreiben und sich selbst verraten. Er würde ihm in dem Brief alles auseinandersetzen, das ganze Verbrechen, die Qualen, die er litt, seinen Wunsch zu sterben, sein Zögern und das Mittel, das er benutzt, um seinen Mut aufzustacheln. Er würde ihn im Namen ihrer alten Freundschaft bitten, den Brief zu verbrennen, sobald er erfahren, dass der Schuldige sich selbst getötet. Renardet wusste, auf die Diskretion dieses Beamten konnte er rechnen, der war sogar irgendeines andeutenden Wortes nicht fähig. Er war einer jener Menschen, die ein unbeugsames Gewissen besitzen, die nur ihrer Vernunft folgen.

Kaum hatte er diesen Entschluss gefasst, als ihn ein seltsamer Frieden überkam. Er war jetzt ganz ruhig, er wollte seinen Brief schreiben, langsam, und ihn dann, wenn es Tag wurde, in den Briefkasten stecken, der an der Wand der Bürgermeisterei hing. Dann wollte er auf den Turm steigen, abwarten, bis der Briefträger kam, und wenn der Mann in der blauen Bluse fortging, würde er sich, den Kopf voran, hinunterstürzen auf die Felsen, auf denen das Gemäuer stand. Er wollte es so einrichten, dass er von den Arbeitern die das Holz fällten, gesehen wurde. Er konnte auf den Vorsprung klettern, der den Fahnenmast trug, an dem an Festtagen geflaggt wurde; durch einen Stoß konnte er den Mast zerbrechen und mit hinunterstürzen. Wie sollte man etwas anderes vermuten, als einen Unglücksfall. Und er würde sofort tot sein bei seinem Gewicht und in Anbetracht der Höhe des Turmes.

Er stieg aus dem Bett, ging an den Tisch und begann zu schreiben. Er vergaß nichts, keine Einzelheit des Verbrechens, keine Einzelheit seines qualvollen Daseins, keine Einzelheit der Leiden, die sein Herz litt, und schloss, indem er sagte, er habe sich selbst verurteilt, er würde den Verbrecher richten, und er bat seinen ehemaligen Freund darüber zu wachen, dass kein Makel auf sein Gedächtnis fiele.

Als er den Brief schloss, bemerkte er, dass es Tag geworden war. Er siegelte, schrieb die Adresse, ging dann mit leichten Schritten hinunter, lief bis zu dem weißen, kleinen Kasten an der Ecke der Gutsmauer, und nachdem er das Papier, das in seiner Hand zitterte, hineingeworfen, kehrte er schnell zurück, schloss die Riegel der großen Tür, und stieg hinauf in seinen Turm, um das Vorübergehen des Briefträgers abzuwarten, der sein Todesurteil mitnehmen sollte.

Jetzt fühlte er sich ruhig, gerettet, erleichtert.

Ein kalter, trockener Wind, ein eisiger Wind traf sein Gesicht. Er sog gierig mit offenem Mund diese kühle Labung ein. Der Himmel war rot, von glühendem Rot wie im Winter, und die ganze, weiße Frost-überzogene Ebene glitzerte in den ersten Sonnenstrahlen, als wäre sie mit gestoßenem

Glas übersät. Renardet stand barhaupt oben, schaute über die breite Ebene hin, links die Wiesen, rechts das Dorf, dessen rauchende Schornsteine die Stunde des ersten Frühstücks anzeigten.

Zu seinen Füßen sah er die Brindille sich winden durch die Felsen, auf denen er sich nachher zerschmettern würde. Er fühlte sich wieder jung werden an diesem eisigen Morgen, fühlte seine Kraft und seinen Lebensmut wiederkehren. Das Licht badete ihn, umflutete ihn, drang in ihn wie eine Hoffnung, tausend Erinnerungen bedrängten ihn an ähnliche Morgenstunden, an schnellen Lauf über die hartgefrorene Erde, die unter den Tritten klang, an glückliche Jagdtage bei den Sümpfen, in denen die Wildenten schlafen; alles, was er einst geliebt, alles, was er Köstliches im Leben genossen, kam ihm wieder zur Erinnerung, gab ihm neue Wünsche ein, erweckte alle Lebensgeister seines kräftigen riesigen Körpers.

Und er wollte sterben. Warum? Er wollte sich blödsinnigerweise töten, weil er sich fürchtete vor einem Schatten. Sich fürchtete vor nichts. Er war reich und noch in den besten Jahren. So eine Verrücktheit! Er brauchte ja nur irgendeine Zerstreuung, einmal eine Reise, um alles zu vergessen. Diese Nacht hatte er das Kind nicht mehr gesehen, weil seine Gedanken mit anderen Dingen beschäftigt waren. Vielleicht sah er sie nie wieder, und wenn sie ihn noch in diesem Haus quälte, würde sie ihm gewiss wo andershin nicht folgen. Die Erde war groß, die Zukunft weit. Warum sterben?

Sein Blick irrte über die Wiesen, und er sah auf dem Wege längs der Brindille einen blauen Fleck. Es war Médéric, der kam, die Stadtbriefe zu bringen und die vom Dorfe mitzunehmen.

Renardet sprang auf. Ein Schmerz durchfuhr ihn, und er lief zur Wendeltreppe, um seinen Brief wieder zu holen, dem Briefträger abzunehmen. Es war gleich, ob er jetzt gesehen wurde. Er lief durch das Gras, das vom morgendlichen, eisigen Tau genetzt war, und kam an dem Briefkasten an der Ecke des Hofes gerade mit dem Briefträger zugleich an.

Der Mann hatte die kleine Holzklappe geöffnet und nahm die darin befindlichen Briefe heraus.

Renardet sagte zu ihm:

– Guten Morgen, Médéric.

– Guten Morgen, Herr Bürgermeister.

– Sagen Sie mal, Médéric, ich habe im Briefkasten einen Brief, den ich brauche, geben Sie ihn mir mal zurück.

– Gut, Herr Bürgermeister, ich werde ihn Ihnen wiedergeben.

Und der Briefträger blickte auf. Er war ganz erschrocken, als er Renardets Gesicht sah. Der hatte violette Wangen, die Augen irrten verstört mit dunklen Rändern, tief in den Höhlen liegend, sein Haar war wirr wie der Bart, die Krawatte war aufgegangen, man sah, dass er nicht zu Bett gewesen.

Der Mann fragte:

– Sie sind wohl krank, Herr Bürgermeister? Der andere begriff plötzlich, dass sein Aussehen auffallen musste, verlor die Fassung und stammelte: – Nein, nein, ich bin nur eben aus dem Bett gesprungen, um mir den Brief geben zu lassen. Ich schlief, wissen Sie.

Dem alten Soldaten kam ein unbestimmter Verdacht.

Er rief:

– Welchen Brief denn?

– Den Sie mir wiedergeben sollen.

Nun zögerte Médéric. Das Benehmen des Bürgermeisters erschien ihm sonderbar; vielleicht steckte da ein Geheimnis dahinter, etwas Politisches. Er wusste, dass Renardet nicht Republikaner war, und er kannte alle Schliche und Ränke bei den Wahlen.

Er fragte:

– An wen ist denn der Brief adressiert?

– An den Untersuchungsrichter Herrn Putoin, wissen Sie, an meinen Freund Putoin.

Der Briefträger suchte, fand den Brief, betrachtete ihn, wendete ihn hin und her in den Fingern, verstört und befangen, in der Furcht, entweder etwas Unrechtes zu tun oder sich den Bürgermeister zum Feind zu machen.

Renardet sah sein Zögern und machte eine Bewegung, um ihm den Brief zu entreißen. Diese plötzliche Bewegung brachte Médéric zur Überzeugung, dass es sich um ein wichtiges Geheimnis handelte, und er entschloss sich, koste was es wolle, seine Pflicht zu tun.

Er warf also seinen Brief in den Sack, schloss ihn und sagte:

– Nein, Herr Bürgermeister, das kann ich nicht. Da der Brief ans Gericht ist, kann ich's nicht.

Eine fürchterliche Angst schnürte Renardets Herz zusammen. Er stotterte:

– Aber Sie kennen mich doch. Sie kennen doch meine Handschrift. Ich sage doch, ich brauche den Brief.

– Nein, das darf ich nicht.

– Na, Médéric, hören Sie doch, ich betrüge Sie doch nicht. Ich sage Ihnen, ich brauche den Brief.

– Nein, das darf ich nicht.

Die Wut packte Renardets jähzornige Seele.

– Gott verdamm mich, nehmen Sie sich in acht! Sie wissen, ich spaße nicht, und das kann Ihnen Ihre Stelle kosten und zwar sofort. Und dann bin ich hier Bürgermeister, und ich befehle Ihnen jetzt, mir meinen Brief zu geben.

Der Briefträgen antwortete bestimmt: – Nee, das kann ich nicht, Herr Bürgermeister.

Da verlor Renardet die Besinnung und packte den Briefträger beim Arm, um ihm die Tasche zu entreißen. Aber der Mann machte sich mit einem Stoß frei, wich zurück und hob seinen, Knotenstock. Ganz ruhig sagte er:

– Rühren Sie mich nicht an, Herr Bürgermeister oder ich haue zu. Nehmen Sie sich in acht, ich tue meine Pflicht.

Renardet fühlte sich verloren, wurde plötzlich weich und bat stehend wie ein weinendes Kind:

– Ach, mein lieber Freund, geben Sie mir doch den Brief, ich werde Sie auch belohnen. Ich werde Ihnen Geld geben. Ich gebe Ihnen zehn, ich gebe Ihnen hundert Franken, hören Sie, hundert Franken.

Der Mann wendete sich um und ging fort. Renardet folgte ihm außer Atem und stammelte:

– Médéric, Médéric, hören Sie doch, ich gebe Ihnen tausend Franken, hören Sie, tausend Franken. – Der andere lief, ohne zu antworten, weiter. Renardet flehte: – Ich mache Ihr Glück, hören Sie, ich gebe Ihnen, was Sie wollen. Fünfzigtausend Franken, fünfzigtausend Franken für den Brief. – Was tut Ihnen denn das? – Wollen Sie nicht? – Nun also hunderttausend Franken, hören Sie hunderttausend Franken, verstehen Sie, hunderttausend Franken. – Hunderttausend Franken.

Der Briefträger drehte sich mit ernstem Blick und starrem Gesicht um:

– Nun seien Sie still, oder ich werde vor Gericht alles sagen, was Sie mir eben angeboten haben. Renardet stockte. Es war aus, es gab keine Hoffnung mehr. Er wendete sich um und lief zum Haus, wie ein verfolgtes Tier.

Nun blieb Médéric stehen und sah seinerseits ganz starr dieser Flucht zu. Er sah, wie der Bürgermeister in sein Haus lief, und er wartete noch, als ob etwas Überraschendes eintreten müsse.

Und bald erschien in der Tat Renardets hohe Gestalt oben auf dem Fuchsturm. Er lief um die Plattform wie ein Verrückter, dann packte er die Fahnenstange, schüttelte sie wütend, ohne sie zerbrechen zu können, und plötzlich stürzte er sich mit einem Kopfsturz, wie ein Schwimmer beide Hände vorgestreckt, in die Luft hinaus.

Médéric lief fort, um Hilfe zu holen. Als er durch den Park kam, traf er die Baumfäller, die zur Arbeit gingen. Er rief sie an, teilte ihnen das Unglück mit, und sie fanden zu Füßen der Mauer einen blutigen Körper, dessen Kopf auf den Felsen zerschmettert war. Die Brindille umfloss den Felsen, und auf dem hier breiten, klar und ruhig rinnenden Wasser sah man lange, rote Streifen von mit Blut vermischtem Gehirn hinziehen.

Herr Parent

I

Der kleine Georg kroch auf allen Vieren in der Allee umher und machte Sandhäufchen. Er nahm den Sand mit beiden Händen, baute eine Pyramide, dann pflanzte er auf der Spitze ein Kastanienblatt.

Sein Vater saß auf einem eisernen Stuhl in der Nähe und betrachtete ihn unausgesetzt mit zärtlicher Aufmerksamkeit. In dem großen öffentlichen Garten, der voll Menschen war, sah er nichts als sein Kind.

Längs des ganzen Rundweges, der am Bassin, an der Dreifaltigkeitskirche vorbei um den großen Rasenplatz herumführt, spielten andere Kinder genau so, während die Kindermädchen gleichgültig mit stumpfsinnigem Ausdruck in die Luft blickten oder die Mütter miteinander schwatzten, jedoch ohne auch nur einen Augenblick das Kindervolk aus dem Auge zu lassen.

Ammen schritten paarweise auf und ab mit würdiger Miene, während die langen, farbigen Bänder ihrer Hauben hinter ihnen dreinwehten. Im Arme trugen sie etwas Weißes, in Spitzen Gehülltes, während kleine Mädchen in kurzen Kleidchen, mit nackten Beinen eine Pause im Reifenspiel zu ernsthaften Gesprächen benützten. Der Gartenaufseher lief in seinem grünen Rock mitten durch dieses Kindergewimmel und musste unausgesetzt Bogen machen, um die Erd-Sandbauten nicht zu zerstören, um auf keine Händchen zu treten, um die ganze Ameisentätigkeit dieser reizenden, kleinen Menschenkindchen nicht zu beeinträchtigen.

Die Sonne versank eben hinter den Dächern der Rue St. Lazare und warf ihre langen schrägen Strahlen auf diese geputzte, bunte Menge. Golden färbte sie die Kastanienbäume, und die drei Springbrunnen vor dem hohen Portal der Kirche glänzten wie flüssiges Silber.

Herr Parent betrachtete seinen Sohn, der vor ihm im Sande spielte. Mit liebevollem Blick folgte er den geringsten Bewegungen und schien immerfort mit gespitztem Munde dem kleinen Georg ein Küsschen zuzuschicken.

Aber als er nach der Uhr am Kirchturm blickte, bemerkte er, dass er schon fünf Minuten zu lange geweilt. Sofort stand er auf, nahm den Kleinen beim Arm, schüttelte den Sand aus dessen Kleidchen, wischte ihm die Händchen ab und zog ihn mit sich zur Rue Manche. Er beeilte sich, um nur ja nicht später heimzukommen als seine Frau. Und das kleine Kerlchen, das nicht mitkonnte, trippelte an seiner Seite.

Da nahm ihn der Vater auf den Arm, beschleunigte seinen Schritt noch mehr und keuchte mühsam die ansteigende Straße hinan. Er war ein Mann von etwa vierzig Jahren, schon grau, ein wenig dick, der etwas verlegen auf seinen Schmerbauch blickte.

Vor ein paar Jahren hatte er aus rasender Liebe eine junge Frau geheiratet, die ihn jetzt ganz unter dem Pantoffel hatte und schlecht behandelte. Unausgesetzt schalt sie ihn um alles, was er tat, um alles, was er nicht tat, warf ihm mit Bitterkeit die geringsten Dinge vor, alle seine kleinen Angewohnheiten, seine einfachen Vergnügungen, seinen Geschmack, sein Aussehen, seine Bewegungen, seine Körperfülle und den sanften Ton seiner Stimme.

Dennoch liebte er sie noch immer. Aber über alles liebte er das Kind, das er von ihr besaß, seinen Georg, der nun drei Jahr alt war, sein größtes Glück und sein einziger Gedanke.

Er war ein kleiner Rentier, hatte keine Beschäftigung und verzehrte seine zwanzigtausend Franken Einkommen. Seine Frau, die ihm keine Mitgift gebracht, war immer empört über die Untätigkeit ihres Mannes.

Endlich erreichte er sein Haus, setzte das Kind auf der ersten Treppenstufe nieder, wischte sich die Stirn und fing an hinaufzugehen.

Im zweiten Stock klingelte er.

Eine alte Dienerin, die ihn erzogen hatte, eines jener Prachtexemplare von einem Dienstboten, die Tyrannen der Familie werden, öffnete. Er fragte ängstlich:

– Ist die gnädige Frau schon zu Haus?

Das Mädchen zuckte die Achseln:

– Seit wann hat Wohl der gnädige Herr erlebt, dass die gnädige Frau um halb sieben Uhr zurück ist.

Er antwortete fast verlegen:

– Nun, dann ist's gut. Desto besser, dann habe ich Zeit, mich umzuziehen, denn ich bin sehr warm geworden.

Die Dienerin blickte ihn mit etwas erregtem und verächtlichem Mitleid an. Sie brummte:

– Ah, das sehe ich schon, dass der gnädige Herr ganz nass ist. Der gnädige Herr ist gelaufen, vielleicht hat er den Kleinen auch noch geschleppt und das alles nur um auf die gnädige Frau bis halb achte zu warten. Jetzt soll mir aber keiner mehr damit kommen, dass ich zur richtigen Zeit angerichtet haben muss! Nee, nee! Ich richte eben um achte an und wenn die Herrschaften dann warten müssen, meinetwegen, der Braten darf nicht verbrennen.

Herr Parent tat, als hörte er nichts und brummte:

– 's ist gut, 's ist gut. Georg müssen die Hände gewaschen werden, weil er im Sande gespielt hat. Ich werde mich umziehen. Sag nur dem Stubenmädchen, sie soll den Kleinen ordentlich rein machen.

Dann trat er in sein Zimmer, und sobald er dort war, schob er den Riegel vor, um allein zu sein, allein, ganz allein.

Er war jetzt so daran gewöhnt, schlecht behandelt und herumgeschubst zu werden, dass er sich nur sicher fühlte hinter Schloss und Riegel. Er wagte es nicht einmal, sich mit seinen eigenen Gedanken zu beschäftigen, wenn er sich nicht gegen Blicke und Unterstellungen im abgeschlossenen Zimmer in Sicherheit fühlte.

Er hatte sich, ehe er andere Wäsche anzog, auf einen Stuhl niedergelassen und überlegte sich, dass Julie anfing, eine neue Gefahr für sein Haus zu werden. Sie hasste seine Frau, das war ganz augenscheinlich, und vor allen Dingen hasste sie seinen Freund Paul Limousin, der – was selten vorkommt – der intimste, beste Freund des Ehepaares geblieben war, nachdem er sein unzertrennlicher Freund während der Junggesellenzeit gewesen.

Limousin diente sozusagen als Puffer zwischen Henriette und ihm und schützte ihn sogar mit Eifer und Erfolg gegen unverdiente Vorwürfe, gegen häusliche Szenen, gegen das ganze tägliche Elend seines Daseins.

Aber nun erlaubte sich Julie schon seit einem halben Jahr unausgesetzt Bemerkungen und böswillige Urteile über ihre Herrin. Immerfort sagte sie etwas über sie, und oft wiederholte sie zwanzig Mal am Tage:

– Wenn ich der gnädige Herr wäre, würde ich mich nicht so an der Nase rumführen lassen. Na, meinetwegen – eener macht's so – eener so!

Eines Tages war sie sogar unverschämt gegen Henriette gewesen, die sich damit begnügt hatte, abends gegen ihren Mann zu äußern:

– Ich will Dir nur eins sagen: Wenn das Frauenzimmer nur einmal wieder unverschämt wird, so setze ich sie vor die Tür.

Und trotzdem war es, als ob sie, die sonst nichts fürchtete, vor der Alten Furcht empfände. Parent meinte, diese Nachsicht entstamme einer Achtung für die alte Dienerin, die ihn erzogen und seiner Mutter die Augen zugedrückt hatte.

Aber nun wurde es zu toll, so konnte das nicht mehr lange weitergehen, und mit Entsetzen überlegte er sich, was nun eigentlich werden sollte. Was sollte er tun? Julie fortschicken, erschien ihm eine so bedenkliche Maßregel, dass er gar nicht daran zu denken wagte; ihr aber recht geben gegen seine Frau, war ebenso wenig möglich, und es konnte eigentlich kaum mehr ein Monat vergehen, dass die Lage einfach unhaltbar werden musste.

So saß er da, ließ die Arme herabhängen und suchte vergeblich nach irgendeinem Mittel zur Versöhnung. Er fand nichts. Da brummte er vor sich hin:

– Ach, wenn ich Georg nicht hätte! Ohne ihn wäre ich doch zu unglücklich!

Dann kam ihm der Gedanke, Limousin um Rat zu fragen. Dabei blieb er. Aber bald fiel ihm ein, dass jener wegen seiner Feindschaft mit der alten Dienerin ihm raten würde, ihr zu kündigen. Und wieder versank er in Ängste und Unschlüssigkeit.

Es schlug sieben Uhr. Er fuhr in die Höhe. Sieben Uhr? Und er hatte sich noch nicht umgezogen! Da kleidete er sich schnell mit fliegender Hast aus, wusch sich, legte ein frisches Hemd an, so eilig, als ob ihn jemand zu, irgendetwas außerordentlich Wichtigem erwartete.

Dann trat er in den Salon und fühlte sich ganz erleichtert, dass ihm nichts mehr passieren könnte.

Er warf einen Blick in die Zeitung, sah auf die Straße hinab, und setzte sich dann wieder auf das Sofa; da öffnete sich eine Tür und sein Sohn kam herein, gereinigt, gekämmt, lächelnd. Parent schloss ihn in die Arme und küsste ihn leidenschaftlich, zuerst auf das Haar, dann auf die Augen, dann auf die Wangen, auf den Mund und auf die Hände. Er hob ihn in die Luft, beinahe bis zur Decke. Dann aber setzte er sich, weil die Anstrengung, ihn müde gemacht, und ließ Georg auf seinen Knien reiten.

Das Kind war glückselig, lachte, zappelte mit den Armen, kreischte vor Vergnügen; und auch der Vater lachte und schrie vor innerer Befriedigung, dass sein dicker Bauch wackelte; und die Geschichte machte ihm beinahe noch mehr Spaß als dem Kinde. Er liebte es mit seinem ganzen Herzen, ein still ergebener schwacher zermürbter Mensch! Seine Liebesbeweise äußerten sich oft närrisch und stürmisch, als ob er all die heimliche verschämt-verborgene Zärtlichkeit ausströmen lassen wollte, die er nicht einmal in den ersten Stunden seiner Ehe mit dieser leidenschaftslosen gleichgültigen Frau hatte zeigen und von sich geben dürfen.

Julie erschien auf der Schwelle mit bleichem Gesicht und glänzenden Augen und kündete, mit von Verzweiflung zitternder Stimme an:

– Gnädiger Herr, es ist halb acht.

Parent blickte unruhig und ergeben auf die Uhr und murmelte:

– Ja allerdings, es ist halb acht.

– Ja, mein Essen ist nun fertig.

Da er das Gewitter kommen sah, so versuchte er sie zu beschwichtigen:

– Aber, hast Du mir denn nicht gesagt, als ich nach Hause kam, dass Du um acht Uhr anrichten wolltest?

– Um achte? Das glauben Sie wohl selbst nicht; Sie wollen doch das Kind nicht jetzt um achte essen lassen. Das sagt man so, jawohl, das ist so 'ne Redensart. Aber der Magen des Kindes würde das nicht vertragen. Um achte essen! Ja, wenn's bloß nach seiner Mutter ginge, die kümmert sich den Deubel um das Kind. Allerdings – na – von der Mutter wollen wir lieber gar nicht weiter reden. Ist das nicht 'n Jammer, so ' ne Mutter!

Parent zitterte, aber er fühlte, dass er mit einem Gewaltwort die drohende Szene abschneiden musste und sagte:

– Julie, ich verbiete Dir, in diesem Tone von Deiner Herrin zu reden, hörst Du! Und ich bitte Dich, das in Zukunft nicht zu vergessen.

Die alte Dienerin war derartig erschrocken, dass sie sich auf dem Absatz herumdrehte und hinauslief, wahrend sie die Tür so heftig zuschmiss, dass alle Kristallprismen am Kronleuchter klingelten. Ein paar Sekunden hindurch war es, als töne in dem schweigenden Salon ganz leises, unbestimmtes Glockengebimmel.

Georg war zuerst erstaunt, dann klatschte er vor Vergnügen in die Hände, blies die Backen auf und machte laut mit aller Kraft seiner Lungen:

– Bum! um das Zuschlagen der Türe nachzuahmen.

Nun erzählte ihm der Vater Geschichten. Aber da er dabei immer an andere Dinge dachte, so verlor er fortwährend den Faden, und der Kleine, der seine Geschichte nicht mehr verstand, riss erstaunt die Augen auf.

Parent ließ keinen Blick von der Wanduhr. Es war ihm, als sähe er den Zeiger gehen. Er hätte die Zeit anhalten mögen bis zur Rückkehr seiner Frau. Er verdachte es Henriette weiter nicht, dass sie sich verspätete, aber er hatte Angst, Angst vor ihr und Julie, und Angst vor all dem, was da passieren konnte. Noch zehn Minuten – und eine nicht wieder gut zu machende Katastrophe konnte eintreten, Auseinandersetzungen und sogar Tätlichkeiten, an die er nicht einmal zu denken wagte. Schon der Gedanke an diesen Streit, dieses Schreien, die Schimpfworte, die wie Kugeln durch

die Luft sausen würden, an die beiden Frauen, die sich einander gegen-
überstehen, sich anblicken und allerlei Verletzendes an den Kopf werfen
würden, ließ sein Herz schlagen und ihm die Kehle eintrocknen wie bei
einem Spaziergange in der Sonnenhitze, machte ihn schlapp, weich wie
einen Waschlappen, dass er nicht einmal mehr die Kraft besaß, sein Kind
aufzuheben und es auf den Knien reiten zu lassen.

Es schlug acht Uhr. Die Tür ging auf und Julie erschien. Sie sah nicht mehr
wütend aus, sondern hatte einen Ausdruck von bösartiger, kalter Entschlossenheit, der noch gefährlicher schien.

– Gnädiger Herr, – sprach sie, – ich habe Ihrer Frau Mutter bis zu ihrem
Tode gedient. Ich habe auch Sie von ihrer Geburt ab bis heute gepflegt, und
ich glaube, dass man sagen kann, ich bin eine treue Dienerin Ihrer Familie.

Sie erwartete eine Antwort.

Parent stotterte:

– Nu ja, meine gute Julie.

– Sie wissen sehr wohl, dass ich niemals etwas aus Geldinteresse getan
habe, sondern nur aus Interesse für Sie, dass ich Sie nie betrogen und nie
belogen habe, dass Sie niemals Grund gehabt haben, mir einen Vorwurf zu
machen.

– Nu ja, meine gute Julie.

– Nun, gnädiger Herr, das kann nicht mehr so weiter gehen. Bis jetzt habe
ich aus Freundschaft für Sie nichts gesagt und habe Sie in Ihrer Ahnungs-
losigkeit gelassen, aber das ist zu toll, man lacht ja über Sie im ganzen
Stadtviertel. Jetzt können Sie machen, was Sie wollen, alle Welt weiß es
und ich muss es Ihnen mal sagen, obgleich es mir nicht gerade angenehm
ist, zu klatschen. Wenn die gnädige Frau so nach Hause kommt, wann's ihr
passt, so macht sie böse Geschichten.

Er blieb erschrocken stehen und begriff nicht. Er konnte nur stottern:

– Willst Du ruhig sein, Du weißt, dass ich Dir verboten habe ...

Aber sie schnitt ihm mit unwiderstehlicher Entschlossenheit das Wort ab:

– Nein, gnädiger Herr, jetzt muss ich Ihnen alles sagen: schon seit langer
Zeit hat die gnädige Frau mit Limousin ein Verhältnis. Ich habe zwanzig
Mal mindestens beobachtet, wie sie sich hinter der Türe küssten, O, wissen
Sie, wenn Herr Limousin reich gewesen wäre, dann hätte die gnädige Frau
sicher nicht Herrn Parent geheiratet. Der gnädige Herr soll sich bloß mal
erinnern, wie das mit der Heirat überhaupt war und dann würde er die
ganze Geschichte verstehen.

Aschfahl war Parent aufgestanden und stammelte:

– Willst Du schweigen! Willst Du schweigen! oder ...

Sie fuhr fort:

– Nein, ich werde alles sagen. Die gnädige Frau hat den gnädigen Herrn mit einer bestimmten Absicht geheiratet. Sie hat ihn betrogen vom ersten Tage ab. Die zwei haben das zusammen ausgemacht, das ist nun mal so, man braucht nur ’n bisschen nachzudenken, um das einzusehen. Und nicht genug damit, dass sie den gnädigen Herrn geheiratet hatte, den sie gar nicht liebt, hat sie ihm das Leben sauer gemacht, so sauer, dass mir hätte das Herz brechen können, mir, die ich all das mit angesehen habe.

Mit geballter Faust schritt er auf sie los und rief.

– Schweig! Willst Du schweigen!

Denn er wusste nicht, was er antworten sollte.

Aber die alte Dienerin wich nicht von der Stelle. Sie schien zu allem bereit.

Der kleine Georg war zuerst erstaunt, dann erschrocken über den Ton der erregten Stimmen. Endlich fing er laut an zu brüllen, indem er hinter seinem Vater mit verzerrtem Gesicht und offenem Munde stehen blieb.

Das Geschrei seines Sohnes brachte Parent zur Verzweiflung, flößte ihm Mut ein und Wut zugleich. Er stürzte sich auf Julie mit erhobenen Armen, als wollte er sie schlagen, und rief:

– Du elendes Frauenzimmer, Du wirst noch den Kleinen ganz verrückt machen!

Er war nahe daran, sie zu berühren, als sie ihm ins Gesicht warf:

– Der gnädige Herr kann mich schlagen, wenn er will, mich, die ihn groß-gezogen hat, das ändert nichts daran, dass ihn die gnädige Frau betrügt und dass der Kleine nicht sein Kind ist.

Da blieb er wie angewurzelt stehen, die Arme fielen ihm schlaff herab und er war so erschrocken, dass er überhaupt von nichts mehr etwas verstand.

Sie fügte noch hinzu:

– Man braucht ja bloß den Kleinen anzusehen, um zu wissen, wer der Vater ist! Das Kind ist das reine Abbild von Herrn Limousin, man braucht bloß seine Augen und seine Stirn zu sehen! Das fühlt ja der Blinde mit dem Stocke.

Aber er hatte sie bei den Schultern gepackt und schüttelte sie mit aller Kraft, während er sie anherrschte:

– Schlange! Schlange! Raus, alte giftige Schlange! Mach, dass Du rauskommst, oder ich schlage Dich tot! Hinaus! Hinaus!

Und mit verzweifelter Anstrengung stieß er sie in das Nebenzimmer. Sie fiel über den gedeckten Esstisch, dessen Gläser umstürzten und zerbrachen. Sie richtete sich wieder auf, lief um den Tisch herum, damit er zwischen ihren Herrn und sie käme, und während er sie verfolgte, um sie zum zweiten Mal zu packen, warf sie ihm noch die Worte ins Gesicht:

– Der gnädige Herr braucht nur auszugehen heute Abend nach Tisch, und dann plötzlich nach Haus zu kommen! Dann werden der Herr schon sehen! Dann werden der Herr schon sehen, ob ich gelogen habe. Der gnädige Herr soll's nur mal versuchen, der Herr werden schon sehen!

Sie hatte sich zur Küchentür geflüchtet und lief davon, er hinter ihr her, die Hintertreppe hinauf bis zum Mädchenzimmer, wo sie sich eingeschlossen hatte. Er donnerte an die Tür:

– Du wirst sofort mein Haus verlassen!

Sie antwortete hinter der Tür:

– Der gnädige Herr kann sich darauf verlassen, in einer Stunde bin ich weg.

Langsam, sich dabei am Geländer haltend, um nicht zu fallen, ging er hinunter in den Salon, wo Georg an der Erde saß und heulte.

Parent ließ sich in einen Stuhl fallen und blickte das Kind ganz verstört an. Er wusste nicht mehr, wo er war, alles drehte sich um ihn, als sei er toll geworden, als ob er einen Schlag auf den Kopf bekommen hatte. Er entsann sich kaum der fürchterlichen Dinge, die ihm eben die alte Dienerin gesagt.

Endlich beruhigte sich allmählich sein Gehirn, seine Gedanken klärten sich, und die grässliche Entdeckung begann in seinem Herzen ihr Werk zu tun.

Julie hatte so offen, so entschieden, mit solcher Bestimmtheit und Ehrlichkeit gesprochen, dass er an der Wahrheit nicht zweifelte. Aber er meinte immer noch, sie könnte sich geirrt haben, sie könnte durch ihre Anhänglichkeit an ihn blind geworden sein, der Hass gegen Henriette könnte ihre Urteilskraft getrübt haben. Aber wie er versuchte, sich zu beruhigen, erinnerte er sich an tausend Kleinigkeiten: Worte seiner Frau, Blicke Limousins, eine Menge von gleichgültigen, kaum wahrgenommenen Dingen, einmal ein später Ausgang, gleichzeitige Abwesenheit. Sogar die unbedeutendsten Bewegungen der beiden, die aber doch sonderbar gewesen waren, an denen er nichts hatte finden können, fielen ihm ein und nahmen nun plötzlich für ihn eine außerordentliche Wichtigkeit an. All das verdichtete sich dahin, dass er meinte, ein Einverständnis zwischen den beiden müsse bestehen. Er erinnerte sich plötzlich alles dessen, was seit seiner Verlobung geschehen. Alles kam ihm wieder zu Sinn und nun sah sein armes, von Zweifeln hin und hergeworfenes Hirn, alles das, was vielleicht nur einen Verdacht hätte abgeben können, schon als Gewissheit.

Er durchflog in Gedanken die fünf Jahre seiner Ehe, klammerte sich an jede Kleinigkeit, suchte alles, Monat um Monat Tag um Tag, wieder zu finden, und alles, was ihn hätte beunruhigen können, fand er auch wieder und es traf ihn ins Herz wie ein Dolchstich.

An Georg dachte er nicht mehr. Das Kind saß jetzt still auf dem Teppich. Aber da man sich mit ihm nicht mehr beschäftigte, fing es wieder an zu weinen.

Der Vater ging auf den Jungen zu, nahm ihn auf den Arm und bedeckte ihn mit Küssen. Sein Kind blieb ihm doch wenigstens! Da war ihm das Übrige einerlei. Er hielt es in den Armen, drückte es an sich, presste den Mund auf sein blondes Haar und stammelte erleichtert und getröstet:

– Georg, mein kleiner Georg! Mein lieber, kleiner Georg!

Aber plötzlich dachte er an das, was Julie gesagt. Sie hatte doch gemeint, der Knabe wäre Limousins Kind. Aber das war unmöglich. Nein, das konnte er nicht glauben, nicht einen Augenblick, das war eine jener gemeinen Niederträchtigkeiten, die in solchen Bedienten-Seelen schlummern. Und er wiederholte:

– Georg, mein lieber Georg!

Der Bengel schwieg, als er geliebkost ward.

Parent fühlte die Wärme des kleinen Körpers durch den Stoff hindurch. Sie erfüllte ihn mit Liebe, Mut und Freudigkeit. Die süße Körperwärme des Kindes schmeichelte sich in ihn hinein, gab ihm Kraft und erhob ihn wieder. Da bog er das kleine Köpfchen ein wenig von sich ab, um es liebevoll zu betrachten. Er besah den Knaben mit leuchtenden Augen, versank ganz in seinen Anblick, während er immer wiederholte:

– O mein kleiner, mein kleiner Georg!

Plötzlich dachte er:

– Und wenn er doch Limousin ähnlich sähe?

Da durchzuckte ihn etwas ganz Seltsames, Fürchterliches. Ein heftiges schneidendes Kältegefühl lief ihm über den Leib, als ob plötzlich seine Knochen zu Eis erstarrten.

O, wenn er Limousin ähnlich sähe!

Und nun blickte er immerfort Georg an, der jetzt lachte. Er sah ihm erschrocken, starr in die Augen, und suchte in dieser Stirn, in der Nase, im Munde, in den Wangen, ob er nicht etwas von der Stirn, der Nase, dem Munde und den Wangen Limousins wieder fände.

Die Gedanken fingen an ihm zu schwinden, als würde er verrückt, und unter seinem Blick schien sich das Antlitz des Kindes zu verändern, nahm seltsame Gestalt an und wunderliche Ähnlichkeit.

Julie hatte zu ihm gesagt: »Das fühlt der Blinde mit dem Stocke.« Es musste also eine Ähnlichkeit sein, die nicht zu leugnen war. Aber wo? Die Stirn? Ja, vielleicht. Und doch hatte Limousin eine schmälere Stirn. Dann also der Mund? Aber Limousin trug einen Vollbart. Wie sollte man zwischen dem rundlingen Kinn des Kindes und dem behaarten des Mannes eine Ähnlichkeit finden?

Parent dachte:

– Ich kann's nicht erkennen, kann's nicht mehr erkennen. Ich bin zu sehr befangen. Jetzt wär's mir überhaupt nicht möglich, so was festzustellen. Ich muss warten. Ich muss ihn mir mal morgen früh wieder ansehen. Dann überlegte er sich:

– Aber wenn er mir nun ähnlich sähe? Dann wäre ich ja gerettet! Gerettet!

Und mit ein paar großen Schritten eilte er durch den Salon, um im Spiegel des Kindes Züge mit den seinen, zu vergleichen.

Er hielt Georg auf dem Arm, dass ihre Wangen sich aneinander schmiegten, und nun sprach er ganz laut, so groß war seine Erregung:

– Ja … wir haben dieselbe Nase … dieselbe Nase … vielleicht … sicher ist es nicht … und denselben Blick aber nein … er hat ja blaue Augen … ja dann … o mein Gott … mein Gott … ich werde verrückt … ich kann nicht mehr sehen … ich bin verrückt.

Er floh vom Spiegel bis zum andern Ende des Salons, ließ sich in einen Stuhl fallen, setzte den Kleinen auf einen anderen daneben und fing an zu weinen. Er schluchzte laut, und Georg war so erschrocken, seinen Vater stöhnen zu hören, dass er plötzlich auch anfing zu heulen.

Da klang die Glocke an der Entreetür. Parent sprang auf, als ob ihn eine Kugel getroffen hätte, indem er sich sagte:

– Da ist sie. Was soll ich nun tun?

Und er lief in sein Zimmer, um Zeit zu gewinnen, sich wenigstens die Augen abzuwischen. Aber nach ein paar Sekunden fuhr er zusammen: Wieder klang die Glocke. Dann erinnerte er sich, dass doch Julie fortgegangen, ohne dass das Stubenmädchen etwas davon wusste. So machte also niemand auf. Was sollte er tun? Er ging hin.

Und plötzlich fühlte er sich tapfer zu allem entschlossen, zum Kampfe bereit. Die furchtbare Entdeckung hatte ihn in wenigen Augenblicken reifer gemacht. Und dann wollte er jetzt alles wissen, er wollte es mit zaghafter Wut und der Beharrlichkeit eines sonst gutmütigen Menschen, der zur Verzweiflung gebracht ist.

Und doch zitterte er davor. War es Furcht? Ja, vielleicht hatte er noch Furcht vor ihr. Der Mut besteht ja doch so oft nur aus einer bis zum äußersten gebrachten Feigheit. Hinter der Tür, zu der er mit eiligen Schritten gestürmt, blieb er nun stehen, um zu lauschen. Sein Herz klopfte laut. Er hörte nichts, als das starke dumpfe Pochen in seiner Brust und die schrille Stimme Georgs der im Salon fortwährend schrie.

Plötzlich fuhr er zusammen unter dem Ton der Glocke, die wiederum über seinem Kopfe klang. Dann nahm er die Klinke in die Hand und atemlos mit wankenden Knien machte er auf.

Seine Frau und Limousin standen vor ihm auf der Treppe.

Sie fragte mit erstaunter Miene, aus der ein wenig Erregung klang:

– Jetzt machst gar Du auf? Wo ist denn Julie?

Die Kehle war ihm wie zusammengeschnürt. Er atmete heftiger und gab sich Mühe zu antworten, brachte aber kein Wort heraus.

Sie fing wieder an:

– Bist Du denn stumm geworden? Ich fragte, wo Julie ist?

Da stotterte er:

– Sie ist – sie ist fort.

Seine Frau fing an wütend zu werden:

– Was, fort? Wohin denn? Warum?

Allmählich gewann er seine Gelassenheit zurück und nun stieg in ihm ein wütender Hass auf gegen diese unverschämte Frau, die da vor ihm stand:

– Ja fort ist sie, ganz fort, ich habe sie fortgeschickt.

– Du hast sie fortgeschickt? Julie? Du bist wohl verrückt!

– Ja, ich habe sie fortgeschickt, weil sie unverschämt war und weil sie – weil sie das Kind schlecht behandelt hat.

– Julie?

– Ja, Julie.

– Wieso ist sie denn unverschämt gewesen?

– Deinetwegen!

– Meinetwegen?

– Ja, weil ihr Mittagessen angebrannt war und Du nicht nach Hause kamst. Sie hat gesagt – sie hat Dinge gesagt, die Dir nicht zur Ehre gereichen und die ich nicht anhören durfte, nicht anhören konnte.

– Was für Dinge?

– Das brauche ich nicht zu wiederholen.

– Ich will's wissen!

– Sie hat gesagt, dass es ein Unglück wäre für einen Mann wie mich, so eine Frau wie Dich, geheiratet zu haben! Eine Frau, die unpünktlich ist, unordentlich, sich um nichts kümmert, nicht um den Haushalt, die eine schlechte Mutter ist und eine schlechte Gattin dazu.

Die junge Frau war in den Vorsaal getreten, und Limousin, der kein Wort sprach, folgte ihr. Sie schloss schnell die Tür, warf ihren Mantel auf einen Stuhl und ging stammelnd auf ihren Mann los:

– Du sagst – Du sagst, dass ich – –

Er war sehr bleich, sehr ruhig und antwortete:

– Liebe Freundin, ich sage gar nichts, ich wiederhole Dir nur, was Julie gesagt hat, und das hast Du hören wollen. Und ich bitte zu bemerken, dass ich sie gerade wegen dieser Redensarten rausgeschmissen habe.

Es zuckte ihr in den Fingern, ihm den Bart auszurupfen und ihm die Nägel ins Gesicht zu schlagen. In seinem Ton, in seiner Stimme, in seinem Benehmen fühlte sie die Empörung, die in ihm zitterte, obgleich sie nichts antworten konnte. So suchte sie denn zum Angriff überzugehen durch irgendein verletzendes Wort:

– Haft Du gegessen? – fragte sie.

– Nein, ich habe gewartet.

Ungeduldig zuckte sie die Achseln:

– Das ist einfach albern, nach halb achte noch zu warten. Du hättest Dir wohl denken können, dass ich eine Abhaltung gehabt habe, dass ich Besorgungen zu machen hatte und Geschäfte.

Und plötzlich überkam sie das Bedürfnis auseinanderzusetzen, wie sie die Zeit verbracht. Sie fing daher mit kurzen Worten von oben herab an zu erzählen, dass sie Möbel ausgesucht hätte, sehr weit, sehr weit fort, drüben in der Rue de Rennes, und da habe sie, als es schon sieben Uhr vorüber gewesen sei, zufällig Limousin getroffen auf dem Boulevard Saint-Germain, als sie schon auf dem Rückwege gewesen, und habe ihn gebeten, sie in ein Restaurant zu begleiten, um einen Happen zu essen. Denn sie hatte sich nicht getraut allein hineinzugehen, obgleich sie vor Hunger beinahe umgefallen wäre. So wäre es gekommen, dass sie mit Limonsin gegessen hätte, wenn man das überhaupt essen nennen könnte, denn sie hätte weiter nichts zu sich genommen als eine Tasse Tee und ein halbes Huhn, so sehr hätten sie sich beeilt, schnell nach Hause zu kommen.

Parent antwortete ganz ruhig:

– Schön, schön, ich mache Dir ja auch keinen Vorwurf. Da näherte sich Limousin, der bis dahin, halb hinter Henriette versteckt, stummer Zuhörer gewesen war, seinem Freunde, drückte ihm die Hand und sagte:

– Wie geht's?

Parent nahm die angebotene Hand und drückte sie lau:

– Ganz gut.

Aber die junge Frau hatte ein Wort in dem letzten Satz ihres Mannes aufgegriffen:

– Vorwurf? Wie kommst Du dazu, von Vorwurf zu sprechen? Du scheinst irgendeine besondere Absicht dabei zu haben.

Er entschuldigte sich:

– O durchaus nicht. Ich wollte einfach antworten, dass ich mich über Deine Verspätung nicht weiter beunruhigt hätte und Dir keinen Vorwurf daraus machte.

Da sah sie ihn von oben bis unten an und suchte einen Grund, um Streit anzufangen:

– Über meine Verspätung? Das klingt ja so, als ob es schon frühmorgens wäre und ich gleich ganze Nächte fortbliebe.

– Aber nein, liebe Freundin, ich habe Verspätung gesagt, weil ich eben kein anderes Wort dafür habe. – Du solltest um halb sieben nach Hause kommen und Du kommst um halb neun wieder, das nenne ich eine Verspätung. Ich versteh's ja wohl und ich bin gar nicht weiter erstaunt darüber, aber ich wüsste nicht, welches andere Wort ich gebrauchen sollte.

– Du drehst das aber so, als ob ich geradezu draußen genächtigt hätte.

– O durchaus nicht, durchaus nicht!

Sie sah ein, dass er immer nachgeben würde, und wollte in ihr Zimmer gehen, als sie endlich Georg gewahrte, der immer noch heulte. Da fragte sie mit einer Bewegung:

– Was hat denn der Kleine?

– Ich habe Dir ja gesagt, dass ihn Julie schlecht behandelt hat.

– Was hat denn die unverschämte Person mit ihm angestellt?

– Sie hat ihn gestoßen, und da ist er gefallen.

Sie wollte ihr Kind sehen und trat ins Esszimmer; sie blieb wie angewurzelt vor dem Esstisch stehen, worauf der Wein floss und zerbrochene Flaschen und Gläser und umgeschüttete Salzfässer herumlagen.

– Was ist denn das für eine Verwüstung!

– Julie hat ...

Aber sie schnitt ihm wütend das Wort ab:

– Da hört aber doch wirklich alles auf. Julie behandelt mich, als ob ich ein ehrvergessenes Frauenzimmer wäre, schlägt mein Kind, zerbricht meine Sachen, schmeißt mein ganzes Haus über den Haufen, und Du scheinst das noch ganz natürlich zu finden.

– O bitte sehr, durchaus nicht, denn ich habe sie fortgeschickt.

– Wirklich, fortgeschickt hast Du sie? Arretieren lassen müsste man sie; Du hättest einen Schutzmann holen sollen.

Er stammelte:

– Aber liebe Freundin, ich konnte doch nicht – es war doch weiter kein Grund; das wäre wirklich sehr schwierig gewesen.

Mit unsäglicher Verachtung zuckte sie die Achseln:

– Weißt Du, Du wirst eben doch nie was anderes sein, als ein alter Waschlappen, ein elender Schlappier, ein armer, armer Kerl, der gar keinen Willen hat, keine Energie. Deine Julie wird Dir schon nette Sachen zu hören gegeben haben, dass Du Dich wirklich entschlossen hast, sie rauszuschmeißen. Ich hätte mal bloß eine Minute zuhören mögen, nur eine Minute.

Sie hatte die Tür zum Salon geöffnet und eilte auf Georg zu, hob ihn auf, presste ihn in die Arme und küsste ihn mit den Worten:

– Mein Georgi, was hast Du denn, mein armes Kindel, mein kleines Tierchen, mein guter, kleiner Kerl?

Da die Mutter ihn liebkoste, schwieg er. Und sie wiederholte:

– Was fehlt Dir denn?

Er antwortete, da er gar nicht recht wusste, was eigentlich geschehen war, in seiner Kinderangst:

– Julie hat Papa geschlagen.

Henriette wandte sich zuerst ganz erschrocken gegen ihren Mann um, dann lauerte in ihrem Blick eine tolle Lust zu lachen, glitt wie ein Hauch über ihre feinen Wangen, kräuselte ihre Lippen, blähte die Nasenflügel auf, und endlich schoss aus ihrem Munde ein ganzer Wasserfall von Heiterkeit, ein helles Lachen gleich dem Zwitschern eines Vogels, und sie antwortete mit lauter boshaften, kleinen Ausrufen, die zwischen ihren weißen Zähnen hervorsprudelten und Parent wie Bisse angriffen:

– Ach so! ... ach so! ... Sie hat ... hat Dich ge ... schlagen ... nein so was! ... ist das komisch ... hören Sie nur, Limousin, Julie hat ihn geschlagen ... geschlagen ... Julie hat meinen Mann geschlagen ... Nein, nein! Ist das komisch.

Parent stotterte:

– Aber bitte, durchaus nicht, das ist nicht wahr,, das ist nicht wahr! Im Gegenteil, ich habe sie in's Esszimmer geschmissen, und zwar so, dass sie den Tisch umgeworfen hat. Das Kind hat nicht richtig gesehen. Ich habe sie geschlagen.

Henriette sagte zu ihrem Sohn:

– Nun mein kleines Kerlchen, nun sag noch einmal, hat Julie den Papa geschlagen?

Er antwortete:

– Ja, Julie.

Dann kam sie plötzlich auf einen anderen Gedanken und sagte:

– Aber das Kind hat ja nichts zu essen bekommen. Hast Du denn noch nichts gegessen, mein Liebling?

– Nein, Mama.

Da wandte sie sich wütend gegen ihren Mann:

– Du bist wohl verrückt? Du bist wohl ganz toll geworden, es ist ein halb neun und Georg hat noch nichts zu essen bekommen.

Er entschuldigte sich. Er wusste mit seinen Erklärungen nicht aus noch ein, so drückte ihn diese ganze Niedertracht zu Boden:

– Aber liebe Freundin, wir warteten doch auf Dich, ich wollte ohne Dich nicht essen. Da Du Dich täglich verspätest, dachte ich, Du müsstest nun jeden Augenblick kommen.

Sie warf ihren Hut, den sie bis dahin auf dem Kopfe behalten, auf einen Stuhl und rief mit nervös zitternder Stimme:

– Wirklich? Das ist ja unerhört, mit solchen Leuten zu tun zu haben, die nichts verstehen, von nichts einen Schimmer haben, keine Ahnung, keinen Dunst. Wenn ich nun um Mitternacht nach Hause gekommen wäre, hätte das Kind überhaupt nichts zu essen gekriegt! Als ob Du nicht kapieren könntest, dass, wenn es halb sieben vorbei ist und ich nicht komme, ich da eben verhindert bin – irgendeine Abhaltung habe.

Parent zitterte. Er fühlte, wie die Wut ihn überkam. Aber Limousin legte sich ins Mittel und wandte sich zu der jungen Frau:

– Liebe Freundin, jetzt sind Sie ungerecht. Parent konnte doch nicht erraten, dass Sie so spät wiederkommen würden, da es doch sonst nie passiert. Und was sollte er denn allein anfangen, nachdem er Julie fortgeschickt hatte!

Aber Henriette antwortete ganz verzweifelt:

– Er wird sich wohl allein herausfitzen müssen, denn ich helfe ihm nicht. Mag er nun sehen, was er fertig kriegt.

Und sie ging schnell in ihr Zimmer und hatte schon völlig vergessen, dass das Kind noch nichts zu essen bekommen hatte.

Da riss sich Limousin plötzlich ein Bein aus, um seinem Freunde zu helfen. Er las die zerbrochenen Überreste, die auf dem Tisch herumlagen, zusammen, deckte von Neuem, setzte das Kind in seinen kleinen, hochbeinigen Stuhl, während Parent das Stubenmädchen holte, dass sie das Essen bringen sollte.

Erstaunt kam sie an. Sie hatte in Georgs Zimmer, wo sie gearbeitet, nichts von all dem gehört.

Nun brachte sie die Suppe, eine verbrannte Hammelkeule und Kartoffelbrei. Parent hatte sich in dumpfer Verzweiflung neben sein Kind gesetzt. Er gab dem Kleinen zu essen, versuchte selbst etwas zu essen, schnitt ein wenig Fleisch klein, kaute es und würgte es mühsam herunter, als ob ihm der Schlund gelähmt sei.

Da stieg allmählich in seiner Seele der unbezwingliche Wunsch auf, Limousin, der ihm gegenüber saß und Brotkügelchen machte, anzusehen um zu vergleichen, ob er Georg ähnlich sehe. Aber er wagte es nicht, die Augen zu erheben, und trotzdem zwang er sich dazu und betrachtete verstohlen dieses Gesicht, das er doch so gut kannte. Und es war ihm, als hätte er's noch nie gesehen, so verschieden war es von seiner Vorstellung. Alle Paar Sekunden warf er einen hastigen Blick auf dieses Antlitz, um in den geringsten Linien der Züge die Ähnlichkeit festzustellen. Dann blickte er wieder auf seinen Sohn und tat immer dabei, als ob er äße.

Zwei Worte klangen ihm im Ohr: »sein Vater!« Sie summten ihm in den Schläfen, bei jedem Herzschlag. Ja, dieser Mann da drüben, dieser ruhige Mann, der auf der andern Seite des Tisches saß, war vielleicht der Vater seines Sohnes, der Vater des kleinen Georg. Parent hörte auf zu essen, er konnte nicht mehr. Ein fürchterlicher Schmerz, einer jener tiefbohrenden Schmerzen die einen schreien machen können, dass man sich am Boden wälzen möchte, und in die Möbel beißen, durchschnitt ihm die Seele. Die Lust überkam ihn, sein Messer zu packen und es sich in den Leib zu rennen. Das würde ihm Erleichterung verschaffen, ihn vielleicht retten, denn dann wäre es aus.

Denn konnte er jetzt weiter leben? Konnte er leben? Früh aufstehen? Sich zu Tisch setzen? Auf die Straße gehen? Abends zu Bett gehen und die Nacht schlafen, immer mit diesem bohrenden Gedanken im Gehirn: »Limousin ist Georgs Vater!?« Nein, er würde keine Kraft mehr haben, auch nur einen Schritt zu tun, sich anzuziehen, an etwas zu denken, mit jemandem zu reden. Jeden Tag, jede Stunde, jede Sekunde würde er sich diese Frage wieder vorlegen, würde er versuchen, etwas zu erfahren, zu erraten, dieses fürchterliche Geheimnis zu lüften. Und den Kleinen, seinen lieben Kleinen würde er nicht mehr ansehen können ohne furchtbaren Zweifel, ohne dass ihm ein Schmerz durch die Eingeweide schnitte, ohne dass es ihm durch und durch ginge. Und dann müsste er hier leben in diesem Hause, neben diesem Kinde, das er lieben und hassen würde zugleich. Ja mit der Zeit würde er es bestimmt hassen. Welche Marter! O, wenn er gewusst hätte, dass Limousin bestimmt der Vater war, so wäre er vielleicht ruhiger geworden, wäre er vielleicht eingeschlafen in seinem Unglück, in seinem Schmerz. Aber nichts zu wissen, nein, das war ja ein unmöglicher Zustand!

Nichts wissen, immer suchen, immer leiden, dieses Kind immer küssen, dieses Kind, das einem Andern gehörte, mit ihm in der Stadt spazieren gehen, es in seinen Armen tragen, sein seines Haar an der Lippe fühlen beim Kusse, es anbeten und immerfort denken: Vielleicht gehört es mir nicht? Nein, da war es doch besser, es nie wieder zu sehen, es zu verlassen, es auf der Straße zu verlieren oder selbst auszureißen, weit fort, weit fort, dass er nie wieder etwas davon hörte.

Er fuhr auf. Die Frau hatte die Tür geöffnet und trat ein mit den Worten:

– Ich habe Hunger. Und Sie, Limousin? Limousin antwortete zögernd:

– Nun, ich auch.

Und sie ließ die Hammelkeule wieder bringen. Parent fragte sich:

– Haben sie gegessen, oder haben sie sich verspätet, weil sie ein Rendezvous gehabt haben.

Sie aßen beide jetzt mit großem Appetit. Henriette war ganz ruhig, lachte und machte Scherze. Ihr Mann blickte sie spähend an, schnell und flüchtig. Sie trug einen rosa Schlafrock mit Weißen Spitzen und ihr blonder Kopf, ihr frischer Hals, ihre rundlichen Hände traten aus diesem koketten, duftenden Gewande wie aus einer Muschel, aus der der Schaum steigt. Was hatte sie mit dem Manne da den ganzen Tag getrieben? Parent sah in Gedanken, wie sie sich küssten, wie sie sich Worte der Liebe zuflüsterten. Wie war es nur möglich, dass er nichts gewusst! Dass er nichts geahnt!

Wie sie sich wohl über ihn lustig gemacht, wenn er wirklich vom ersten Tage ab der Dumme gewesen war. War es nur möglich, dass man mit einem Mann, einem braven Mann, so spielte, nur weil sein Vater ein bisschen Geld gehabt! Konnte man denn in ihren Seelen nicht lesen? Wie war es möglich, dass einem ehrlichen Menschen solcher Betrug niedriger Seelen entging, wie war es möglich dass diese Menschen mit demselben Tonfall lügen konnten und Worte der Liebe sagen, dass in den Augen dieser selben Menschen eine Falschheit lag und Ehrlichkeit zugleich?

Er blickte sie spähend an, er wartete auf irgendeine Bewegung, ein Wort, einen Ton und plötzlich dachte er:

– Ich werde sie heute Abend überraschen. – Und er sagte:

– Liebe Freundin, da ich eben Julie fortgeschickt habe, muss ich mich darum kümmern, und zwar sofort, ein anderes Mädchen zu finden. Ich werde gleich ausgehen, um für Morgen jemand zu schaffen. Vielleicht komme ich etwas spät nach Haus.

Sie antwortete:

– Bitte geh, ich rühre mich nicht vom Fleck. Limousin kann mir Gesellschaft leisten. Wir werden auf Dich warten.

Dann wandte sie sich zum Stubenmädchen:

– Bringen Sie Georg zu Bett. Dann können Sie abdecken und in Ihr Zimmer hinaufgehen.

Parent war aufgestanden, ihm war ganz taumelig und er brummte:

– Auf Wiedersehen!

Dann ging er nach der Tür und musste sich dabei an der Wand halten, denn ihm war, als ob der Boden unter ihm schwankte, wie in einem Schiff.

Das Mädchen nahm Georg auf den Arm und brachte ihn fort. Henriette und Limousin gingen in den Salon hinüber. Sobald sich die Tür geschlossen hatte, sagte er:

– Aber bist Du denn verrückt, Deinen Mann so zu quälen?

Sie wandte sich zu ihm:

– Höre mal, ich finde diese Manier zu toll, die Du seit einiger Zeit hast, zu tun, als ob Parent der reine Märtyrer wäre.

Limousin warf sich in einen Stuhl und schlug die Beine übereinander:

– Ich stelle ihn gar nicht als Märtyrer hin, aber ich finde, dass es in unserer Lage lächerlich ist, diesen Mann auch noch von Früh bis Abend zu reizen!

Sie nahm eine Cigarette vom Kamin, zündete sie an und antwortete:

– Aber ich reize ihn gar nicht, im Gegenteil, er reizt mich durch seine Dummheit, und ich behandle ihn nur so, wie er es verdient.

Limousin antwortete ungeduldig:

– Aber was Du tust, ist mindestens ungeschickt. Übrigens seid ihr Frauen alle so.

– Ja wieso denn?

– Er ist ein famoser Kerl! Er ist viel zu gut in seinem Vertrauen und in seiner Gutmütigkeit. Er stört uns nicht im Mindesten, er schöpft nicht einen Augenblick Verdacht, wir können machen, was wir wollen und Du bringst es fertig, alles anzustellen, um ihn geradezu verrückt zu machen und uns das Leben zu verbittern!

Sie wandte sich zu ihm:

– Ach, Du langweilst mich! Du langweilst mich! Du bist feige wie alle Männer, Du hast Angst vor diesem elenden Kerl.

Wütend stand er auf:

– O bitte, ich möchte bloß wissen, was er Dir getan hat und was Du eigentlich gegen ihn hast. Macht er Dich unglücklich? Schlägt er Dich? Betrügt er Dich? Nein. Da hört doch wirklich alles auf, den armen Kerl nur deshalb so zu schinden, weil er zu gut ist, und es ihm auch noch anzurechnen, dass Du ihn hintergehst.

Sie näherte sich Limousin und sah ihm in die Augen:

– Du machst mir Vorwürfe darüber, dass ich ihn betrüge? Du? Du? Du? Pfui! Muss es in Deiner Seele aussehen!

Er verteidigte sich etwas verlegen:

– Aber ich mache Dir keinen Vorwurf liebe Freundin, ich bitte Dich nur, gegen Deinen Mann rücksichtsvoller zu sein, weil wir alle beide sein Vertrauen brauchen! Das musst Du doch einsehen.

Sie standen nebeneinander, er groß, von dunkler Gesichtsfarbe, mit herabhängendem Backenbart, ein bisschen der Typus des selbstbewussten nicht sehr feinen, schönen Kerls, sie rosa, blond, eine reizende kleine Pariserin, halbe Kokotte, halb anständige Frau, die im Kaufmannsladen groß geworden, durch ihr Augenspiel einmal einen Mann gefunden, einen jener naiven Vorübergehenden, der sich in sie verliebt, weil er sie jeden Tag an dieser Tür gesehen.

Sie sagte:

– Aber Du großes Kind, verstehst Du denn nicht, dass ich ihn hasse gerade, weil er mich geheiratet hat, weil er mich gekauft hat, und weil alles was er sagt, was er tut, was er denkt, mich rasend macht. Er macht mich durch seine Dummheit, die Du Güte nennst, verrückt. Er ärgert mich durch seine Schwerfälligkeit. – Du sagst dafür »Vertrauen« – und dann vor allen Dingen, weil er mein Mann ist und nicht Du. Ich fühle, wie er zwischen uns steht, obgleich er uns nicht weiter stört. Und dann: Ist er ja viel zu dumm, um irgendetwas zu merken. Ich möchte, dass er wenigstens eifersüchtig wäre. Manchmal tickt's mich, ihm ins Gesicht zu schreien: Du dummes dickes Tier, siehst Du denn nicht, dass Paul mein Liebhaber ist?

Limousin fing an zu lachen:

– Na es wäre allerdings das schlaueste, wenn Du schweigen wolltest und unser Verhältnis nicht weiter stören.

– O ich werde es schon nicht stören, sei ganz ohne Sorge, bei diesem Rindvieh ist weiter nichts zu fürchten, nein, aber ich kann nicht begreifen, dass Du nicht verstehst, wie verhasst er mir ist, wie er mich nervös macht! Du tust immer so, als hättest Du ihn riesig gern, als drücktest Du ihm mit besonderer Vorliebe die Hand! Die Männer sind wirklich manchmal komisch.

– Ja liebe Freundin, man muss sich zu verstellen wissen.

– Ach, um Verstellung handelt es sich gar nicht, sondern um Gefühle. Wenn ihr einen Mann betrügt, macht ihr den Eindruck, als ob ihr die dicksten Freunde wäret. Wir aber, wir hassen den Mann von dem Tage ab, an dem wir ihn betrogen haben.

– Ich sehe nicht ein, warum man einen ganz braven, anständigen Mann, dem man die Frau wegnimmt, hassen soll.

– Das siehst Du nicht ein? Das siehst Du nicht ein? Ja, dafür fehlt euch eben die Empfindung, das sind Sachen, die muss man eben fühlen, erklären kann man sie nicht. Und warum soll man denn nicht – nein das verstehst Du nicht – da ist alle Erklärung unnütz, ihr Männer habt eben kein Feingefühl.

Sie lächelte dirnenhaft und legte ihm die Hände auf beide Schultern, indem sie ihm die Lippen bot. Er drehte den Kopf zu ihr und umarmte sie. Als ihre Lippen sich begegneten, standen sie gerade vor dem Kaminspiegel und ihre Spiegelbilder hinter der Uhr auf dem Sims küssten sich auch.

Sie hatten nichts gehört, weder das Geräusch des Schlüssels im Schloss noch das Knarren der Tür. Aber plötzlich stieß Henriette einen lauten Schrei aus, ließ Limousin jäh los und sie sahen Parent, der sie, aschfahl geworden anblickte und dastand mit geballten Fäusten, in bloßen Strümpfen, den Hut auf dem Kopfe.

Er sah sie einen um den andern an, mit einem schnellen Blick, ohne den Kopf zu drehen. Er schien verrückt geworden und dann stürzte er sich, ohne ein Wort zu sagen auf Limousin, packte ihn mit beiden Händen, als wollte er ihn erwürgen und warf ihn mit solcher Gewalt in eine Ecke des Salons, dass der Andere das Gleichgewicht verlor, mit den Händen in der Luft herumfuchtelte und heftig mit dem Kopfe gegen die Wand stieß.

Als Henriette jedoch begriff, dass ihr Mann ihren Liebhaber totschlagen würde, warf sie sich auf Parent, packte ihn beim Halse und presste ihm ihre zehn zarten, rosigen Finger ins Fleisch, drückte ihm so stark in der Verzweiflung den Hals zusammen, dass unter ihren Nägeln das Blut hervorquoll. Dann biss sie ihn in die Schulter, als ob sie ihn mit ihren Zähnen zerfleischen wollte. Parent rang nach Atem und ließ Limousin los, um seine Frau, die an seinem Halse hing, abzuschütteln. Er packte sie bei der Taille und schleuderte sie mit einem einzigen Stoß bis in die andere Ecke des Salons.

Da nun sein Zornesanfall wie bei allen sonst gutmütigen Menschen nur kurze Zeit dauerte, so blieb er außer Atem, erschöpft, zwischen den beiden stehen und wusste nicht, was er tun sollte. Seine wilde Wut hatte sich in dieser einen Bewegung erschöpft, wie die Kohlensäure, die aus der entkorkten Champagnerflasche entweicht. Und die ungewöhnliche Anspannung seiner Energie endete mit einem Schwächeanfall.

Sobald er sprechen konnte, stammelte er:

– Hinaus ihr beiden! Fort! Hinaus!

Limousin blieb unbeweglich in der Ecke stehen, an die Wand gelehnt, viel zu erschrocken, um schon irgendetwas zu begreifen, zu verdutzt, um einen Finger zu bewegen. Henriette stemmte beide Hände auf einen kleinen Tisch, bog den Kopf vor und stand so da mit unordentlicher Frisur, aufgerissener Taille, halbentblößter Brust und wartete wie ein Tier, das zum Sprunge bereit ist.

Parent rief noch einmal lauter:

– Hinaus! Macht, dass ihr sofort hinauskommt!

Da seine Frau sah, dass seine erste Wut verraucht war, fasste sie Mut, richtete sich auf, ging zwei Schritte auf ihn zu und sagte beinahe schon wieder unverschämt:

– Du hast wohl ganz den Kopf verloren! Was fällt Dir denn ein! Wie kommst Du denn zu diesem unglaublichen Angriff?

Er drehte sich zu ihr herum und hob die Faust, um sie zu schlagen, während er stammelte:

– O – O! Das ist zu stark – zu stark! Ich habe – ich habe – ich habe alles gehört, alles, alles – verstehst Du? Alles! Elende, Elende! Ihr seid zwei elende Betrüger! Hinaus! Beide! Sofort! Ich schlage euch tot! Hinaus!

Sie sah ein, dass nichts mehr zu machen sei, dass er alles wusste, dass sie die Unschuldige nicht mehr spielen konnte und das Feld räumen musste. Aber ihre ganze Unverschämtheit war wieder über sie gekommen und ihr Hass gegen diesen Mann. Und die Verzweiflung gab ihr Mut; der Wunsch überkam sie, ihn von Neuem zu reizen und herauszufordern. Deshalb sagte sie mit scharfer Stimme:

– Kommen Sie Limousin, da man mich fortjagt, werde ich zu Ihnen gehen.

Aber Limousin rührte sich nicht. Parent überkam ein neuer Wutanfall und er brüllte:

– Macht, dass ihr hinauskommt. Ihr Elenden! Macht, dass ihr raus kommt, Elende, oder ...

Er ergriff einen Stuhl und schwang ihn über dem Kopf.

Da lief Henriette schnell quer durch den Salon, packte ihren Liebhaber beim Arm, riss ihn von der Wand fort, an die er angeklebt schien und zog ihn zur Türe mit den Worten:

– Kommen Sie doch, lieber Freund, Sie sehen, dass er verrückt ist. Kommen Sie doch!

Im Moment, wo sie hinausging, drehte sie sich noch einmal zu ihrem Manne um und suchte irgendetwas um ihn tödlich zu verletzen, ehe sie das Haus verließ. Da schoss ihr ein Gedanke durch den Kopf, einer jener teuflischen Gedanken, in denen sich die ganze Gemeinheit des Weibes offenbart.

Sie sagte entschlossen:

– Ich will mein Kind mitnehmen!

Parent stammelte erschrocken:

– Dein Kind! Du wagst von Deinem Kinde zu sprechen! Du! Du wagst nach Deinem Kinde zu verlangen! O! O! O! Das ist zu stark! Das wagst Du! Mach, dass Du rauskommst, Du Dirne! Hinaus!

Sie kam auf ihn zu, beinahe lächelnd, beinahe schon ihrer Rache gewiss. Und ganz nahe schleuderte sie ihm das Wort ins Gesicht:

– Mein Kind will ich! Du hast kein Recht, es zu behalten, denn es ist nicht Dein Kind, hörst Du! Hörst Du wohl? Deins ist's nicht. Es gehört Limousin.

Da rief Parent, niedergeschmettert:

– Du lügst, Elende!

Aber sie antwortete:

– Rindvieh! Alle Welt weiß es, bloß Du nicht! Ich sage Dir, dort steht sein Vater! Du brauchst ihn ja bloß anzusehen, um das zu kapieren!

Schwankend wich Parent vor ihr zurück, dann drehte er sich plötzlich um, nahm einen Leuchter und stürzte ins Nebenzimmer.

Sofort kam er wieder, den kleinen Georg in die Bettdecke eingewickelt auf dem Arme. Das Kind, das so jäh aufgeweckt worden, war erschrocken und heulte. Parent warf es seiner Frau in die Arme und dann stieß er sie, ohne ein Wort weiter zu sagen, hinaus zur Treppe, wo Limousin schon – vorsichtigerweise draußen – wartete.

Dann schloss er hinter ihr die Tür, drehte den Schlüssel zweimal herum und schob den Riegel vor. Kaum stand er wieder im Salon, so schlug er der Länge nach zu Boden.

II

Parent lebte ganz allein während der ersten Wochen. Nach der Trennung war ihm das Leben so ungewohnt, dass er kaum viel nachdachte. Er hatte seine Junggesellengewohnheiten wieder aufgenommen, bummelte auf den Straßen herum, aß im Restaurant wie einst. Da er allen Skandal vermeiden wollte, so zahlte er seiner Frau eine jährliche Rente. Der Rechtsanwalt hatte die Sache für ihn geordnet. Aber allmählich begann die Erinnerung an das Kind ihn zu quälen. Manchmal, wenn er abends allein zu Hause saß, war es ihm plötzlich, als hörte er Georg ›Papa!‹ rufen und dann fing sein Herz an zu klopfen. Er stand schnell auf, um die Tür zur Treppe zu öffnen und nachzusehen, ob nicht etwa zufälligerweise der Kleine wieder gekommen wäre. Warum hätte er nicht wieder kommen sollen, wie Hunde oder Tauben? Warum sollte ein Kind weniger Instinkt besitzen als so ein Tier? Wenn er dann seinen Irrtum erkannt, trat er wieder in sein Zimmer, warf sich in einen Stuhl und dachte an den Kleinen. Stundenlang, tagelang dachte er an das Kind. Nicht nur sein Geist beschäftigte sich damit, sondern körperlich fehlte ihm der Kleine. Er fühlte das Bedürfnis, ihn zu umarmen, ihn auf dem Schoß zu haben, ihn zu streicheln, ihn auf die Knie zu setzen, ihn reiten zu lassen, mit ihm zu scherzen. Und wenn er an die einstigen Zärtlichkeiten dachte, dann kam die Verzweiflung über ihn. Er fühlte noch die Arme des Knaben um seinen Hals, er fühlte den kleinen Mund auf seinem Bart, wenn er ihn küsste, er fühlte die Haare des Kindes an seiner Wange. Und der Gedanke an all diese Zärtlichkeiten, an die seine, warme Haut, an die Küsse des Kleinen, an all das, was verschwunden war, quälte ihn so, wie die Sehnsucht nach einer geliebten Frau, die man auf ewig verloren hat.

Auf der Straße fing er manchmal ganz plötzlich an zu weinen, wenn er daran dachte, dass jetzt sein kleiner, dicker ›Georgi‹ neben ihm herlaufen könnte wie einst, wenn er mit ihm spazieren ging. Dann kehrte er heim, barg das Antlitz in den Händen und weinte bis zur Nacht.

Dann stellte er sich zehn – zwanzigmal am Tage die Frage: war er oder war er nicht Georgs Vater? Aber vor allem nachts verließ ihn dieser Gedanke nicht. Wenn er sich kaum zu Bett gelegt, ging es wieder los, jeden Abend dieselbe Reihe von Betrachtungen.

Zuerst hatte er, nachdem seine Frau fort war, nicht mehr daran gezweifelt, dass das Kind unbedingt Limousins Sohn sei, dann zweifelte er doch allmählich, denn Henriettes Versicherung konnte ja unmöglich Wert haben. Sie hatte ihn eben herausfordern, – ihn zur Verzweiflung bringen wollen. Und indem er kühl das Für und Wider abwog, meinte er, spräche doch alles dafür, dass sie gelogen.

Der einzige, der ihm vielleicht hätte die Wahrheit sagen können, war Limousin selbst. Aber wie sollte er es von ihm erfahren? Wie ihn fragen? Wie ihn zum Geständnis bringen?

Und manchmal stand Parent mitten in der Nacht auf, fasste den Entschluss, Limousin aufzusuchen, ihn zu bitten, anzuflehen, ihm alles anzubieten, was er nur wollte, wenn er es sagte, damit endlich sein Kummer ein Ende nehme. Dann legte er sich verzweifelt wieder hin, weil er sich überlegt, dass ihr Liebhaber doch ohne Zweifel lügen würde. Bestimmt sogar würde er lügen, schon um den wirklichen Vater daran zu hindern, sein Kind zurückzuholen. Was sollte er also tun? Nichts.

Und nun war er verzweifelt darüber, dass er in der ersten Wut gehandelt, sich nicht Zeit zu überlegen gelassen, sich nicht etwas geduldet, dass er nicht gewartet, sich nicht während ein paar Monaten verstellt hatte, um selbst mit eigenen Augen die Wahrheit zu ergründen. Er hätte so tun müssen, als merkte er nichts und er hätte sie ruhig die Ehe brechen lassen sollen. Wenn er dann gesehen, wie der Andere das Kind geküsst, so wäre das genug gewesen, um der Wahrheit gewiss zu sein. Ein Freund küsst nicht wie ein Vater. Er hätte ihm hinter der Tür aufgelauert. Warum hatte er nur daran nicht gedacht? Wenn Limousin mit Georg allein im Zimmer gewesen und ihn nicht sofort genommen, an sich gezogen und heiß geküsst, wenn er ihn gleichgültig hätte spielen lassen, ohne sich um ihn zu kümmern, dann wäre kein Zweifel mehr möglich gewesen, dann konnte er nicht der Vater sein oder sich wenigstens nicht dafürhalten.

Dann hätte Parent die Mutter davon gejagt, aber den Sohn behalten, und dann wäre er vollkommen glücklich gewesen. In Schweiß gebadet, suchte er sein Bett wieder auf und dachte daran, wie Limousin sich wohl mit dem Kleinen benommen. Aber er erinnerte sich an nichts, gar nichts, keiner Bewegung, keines Blickes, keines Wortes, keiner verdächtigen Zärtlichkeit. Und dann hatte sich ja auch die Mutter nicht viel um das Kind gekümmert. Wenn sie es von ihrem Liebhaber gehabt, würde sie es wohl mehr geliebt haben. Man hatte ihn also von seinem Sohne aus Rache, aus Grausamkeit getrennt, um ihn dafür zu bestrafen, dass er die beiden überrascht.

Da fasste er den Entschluss, sobald es Tag geworden, wäre, zur Polizei zu laufen, um sich Georg wieder aushändigen zu lassen.

Aber kaum hatte er sich dazu entschlossen, als ihn wieder die Ungewissheit überkam, ob nicht doch das Gegenteil der Fall wäre. Wenn Limousin schon von Anfang an Henriettes Liebhaber gewesen war, der Mann, den sie liebte, dann hatte sie sich ihm auch wohl so hingegeben, dass sie von ihm Mutter geworden. War nicht die kühle Zurückhaltung, die sie immer gegen ihren Mann gezeigt, schon Grund genug, dass nicht er der Vater sein konnte?

Dann hätte er das Kind eines Andern beansprucht, zu sich genommen und groß gezogen. Und nie hätte er es ansehen können, nie küssen, nie das Wort ›Papa‹ hören, ohne dass ihm der Gedanke wiedergekommen wäre und ihm das Herz zerfleischt hätte: Er ist ja doch nicht mein Sohn! Dann würde er sich selbst die größten Qualen auferlegt und sein Leben zerstört haben. Nein, da war es denn doch noch besser, allein zu bleiben, allein zu leben, allein alt zu werden, allein zu sterben.

Und jeden Tag, jede Nacht fingen diese grässlichen Zweifel wieder an, diese Leiden, die nichts beruhigen, nichts beendigen konnte. Vor allem fürchtete er sich vor den Abenden. Wenn die traurige Dunkelheit kam, dann war es ihm, als ob auf sein Herz der Schmerz niedersänke, als ob mit der Finsternis eine Flut der Verzweiflung ihn überschütte, er darin untertauchte und den Verstand verlöre. Er fürchtete sich vor seinen Gedanken wie vor einem Verbrechen und floh vor ihnen wie ein verfolgtes Tier. Vor allem fürchtete er seine leere, dunkle, fürchterliche Wohnung und die verlassenen Straßen, wo nur hier und da eine Gasflamme brennt, wo ein Einsamer, den man von Weitem gehen hört, einem wie ein Dieb erscheint, dass man den Schritt verlängert oder verkürzt, je nachdem er auf einen zukommt oder einem folgt.

Und Parent suchte instinktmäßig die großen erleuchteten, belebten Straßen auf. Das Licht und die Menge zog ihn an, zerstreute und betäubte ihn. Wenn er dann müde war, so herum zu irren, in dem Gedränge sich herumstoßen zu lassen, wenn das Gedränge auf der Straße geringer wurde und die Bürgersteige verlassener, dann überkam ihn die Furcht vor der Einsamkeit, dem Schweigen, und trieb ihn dazu, ein Café aufzusuchen, wo es Menschen gab und Helligkeit. Er strebte dorthin wie der Falter zum Licht, setzte sich vor einen kleinen runden Tisch und bestellte ein Glas Bier. Langsam trank er es aus und ward jedes Mal unruhig, wenn ein anderer Gast aufstand, um zu gehen. Er hätte ihn beim Arme nehmen mögen, ihn zurückhalten, ihn bitten, doch noch ein wenig da zu bleiben, so fürchtete er sich vor der Stunde, wo der Kellner zu ihm kommen würde mit den Worten:

»Bitt' schön, es wird geschlossen!«

Denn jeden Abend war er der Letzte, der ging. Er sah zu, wie man die Tische von draußen ins Lokal hereinholte, wie man die Gasflammen eine nach der andern auslöschte bis auf zwei: die über seinem Tische und die am Büffet. Er sah, wie die Kassiererin das Geld zählte und es einschloss und er ging davon, weil ihn das Personal vor die Tür setzte, das leise hinter ihm dreinrief:

»So ein alter Trottel! Der scheint gar nicht mehr zu wissen, wo er übernachten soll.«

Und sobald er allein auf der Straße stand, begann er wieder, an Georg zu denken, sich den Kopf zu zerbrechen, sich die Gedanken zu zerquälen, um festzustellen, ob er der Vater des Kindes sei oder nicht.

So gewöhnte er sich daran, ins Restaurant zu gehen, wo das fortwährende Hin und Her der Gäste einen unter Menschen bringt, ohne dass man mit ihnen zu reden braucht, wo der dicke Tabaksqualm die dummen Gedanken einhüllt, während das schwere Bier das Gehirn einschläfert und das klopfende Herz beruhigt.

Dort lebte er nun ganz. Kaum war er aufgestanden, so ging er dort hin, um seine Augen und seine Gedanken zu beschäftigen. Dann nahm er bald dort, aus reiner Bequemlichkeit, nur, um nicht mehr fortgehen zu müssen, auch seine Mahlzeiten ein. Gegen Mittag klopfte er mit dem Bieruntersetzer auf den Marmortisch: – dann brachte ihm sofort der Kellner einen Teller, ein Glas Bier, eine Serviette und zu essen, was es gerade gab. Sobald er fertig war, schlürfte er langsam seinen Kaffee, immer das Auge starr auf die Cognacflasche gerichtet, die ihn in süße Stumpfheit versenken sollte. Zuerst netzte er bloß die Lippen mit dem Cognac, als wollte er kosten, als wollte er nur mit der Spitze der Zunge den Geschmack der Flüssigkeit feststellen. Dann goss er sich ihn in den Mund, Tropfen auf Tropfen mit zurückgeneigtem Kopf. Endlich ließ er das starke Getränk auf dem Gaumen hin und her fließen, spülte sich damit den Mund aus, dass es sich mit dem Speichel mischte, den der Alkohol zusammenlaufen ließ. Der Schnaps tat ihm wohl, – andächtig schluckte er ihn herab und fühlte wie er die Kehle hinunterrann bis in den Magen hinab.

So trank er nach jeder Mahlzeit drei bis vier kleine Gläser, die ihn allmählich einschläferten. Dann sank ihm der Kopf auf den Leib, er schloss die Augen und schlummerte ein bisschen. Im Laufe des Nachmittags wachte er dann wieder auf, streckte sofort die Hand nach dem Glase Bier aus, das der Kellner, während er geschlafen, vor ihn hingestellt. Und wenn er es getrunken, erhob er sich ein wenig auf der rotsamtenen Bank, schob die Hose herauf und die Weste herab, um den weißen Streifen, der zwischen beiden aufgeklafft, zu verbergen. Dann zog er sich den Rockkragen zurecht, die Manschetten etwas heraus, und nahm die Zeitungen vor, die er schon am Morgen gelesen.

Er las sie noch einmal von der ersten Zeile bis zur letzten, durchflog die Reklamen, die Dienstgesuche, die Annoncen, den Börsenzettel, das Theaterprogramm.

Zwischen vier und sieben Uhr machte er dann einen kleinen Spaziergang auf den Boulevards, um Luft zu schöpfen, wie er sagte. Dann kam er wieder zurück, an seinen Platz, den man ihm freigehalten und verlangte einen Absinth.

Darauf schwätzte er mit Stammgästen, deren Bekanntschaft er allmählich gemacht. Sie sprachen über die Neuigkeiten des Tages, über Stadtklatsch und Politik. Das ging so fort bis zur Essensstunde, und der Abend strich hin wie der Nachmittag, bis zum Augenblick, wo geschlossen wurde. Das war für ihn das Furchtbare! Der Augenblick, wo er nach Hause musste in das dunkle leere Zimmer, das erfüllt war von all den Erinnerungen, den grauenvollen Ängsten und Beklemmungen. Er sah seine alten Freunde nicht mehr, keinen seiner Verwandten, niemand, der ihn an sein verflossenes Leben erinnert hätte.

Aber da ihm seine Wohnung zur Hölle ward, mietete er sich ein Zimmer im Grand Hotel, ein schönes Zimmer im Zwischengeschoß, um die Leute vorbeigehen zu sehen. In diesem großen öffentlichen Gebäude war er nun endlich nicht mehr ganz allein. Jetzt spürte er doch Menschengewimmel um sich herum, hörte Stimmen, und wenn die alten Qualen ihn wieder abends im Bett oder am einsamen Kamin, zu sehr überfielen, dann ging er in die langen Gänge hinaus, lief wie ein Wachtposten längs der verschlossenen Zimmer auf und ab und sah traurig die Stiefelpaare an, die vor den Türen auf dem Gange standen. Er betrachtete die kleinen, niedlichen Damenschuhchen, neben großen derben Männerstiefeln. Und er dachte betrübten Sinnes: all diese Menschen sind nun ohne Zweifel glücklich, schlafen still, zärtlich und ruhig, Arm in Arm, in dem warmen Bett.

Fünf Jahre strichen so dahin, fünf traurige Jahre, ohne eine andere Abwechselung für ihn als ab und zu einmal eine Liebe von zwei Stunden für zwei Goldstücke.

Da, als er eines Tages seinen gewöhnlichen Spaziergang unternahm, zwischen der Madeleine und der Rue Drouot bemerkte er plötzlich eine Frau, deren Gang ihm auffiel. Ein großer Herr und ein Kind begleiteten sie. Alle drei schritten vor ihm her. Und er fragte sich, wo habe ich die nur schon mal gesehen? Und plötzlich erkannte er sie an einer Handbewegung: Es war seine Frau, seine Frau mit Limousin und seinem Kinde, seinem kleinen Georg.

Sein Herz schlug zum Ersticken. Aber er blieb nicht stehen, er wollte sie sehen, und er ging ihnen nach. Sie schauten wie ein gutbürgerliches Ehepaar aus. Henriette hatte Pauls Arm genommen und sprach leise mit ihm, indem sie ab und zu zur Seite bückte. Nun gewahrte Parent ihr Profil, erkannte die graziösen Linien ihres Gesichtes, die Bewegungen ihrer Züge, ihr Lächeln und ihren süßen Blick. Vor allem beschäftigte ihn das Kind. Wie groß es war, wie kräftig! Parent konnte sein Gesicht nicht sehen, nur das lange blonde Haar, das in künstlichen Locken bis auf die Schultern fiel. Das war Georgi, dieser große Bengel mit nackten Beinen, der wie ein kleiner Mann da neben seiner Mutter herschritt!

Als sie vor einem Laden stehen blieben, sah er sie plötzlich alle drei. Limousin war ergraut, älter geworden, magerer; seine Frau im Gegenteil frischer denn je, eher etwas stärker geworden; Georg aber war gar nicht wieder zu erkennen, so hatte er sich verändert. Sie gingen weiter. Parent folgte ihnen wieder, überholte sie dann mit eiligem Schritt, um wieder umzukehren und sie so ganz nah von vorn zu sehen. Als er an dem Kinde vorüberschritt, packte ihn eine tolle Begierde, es bei der Hand zu nehmen und mit ihm davon zu laufen. Er berührte es wie aus Versehen. Der Kleine drehte den Kopf herum und sah den ungeschickten Mann unzufrieden an. Das traf Parent schmerzlich und er eilte davon, durch den Blick verletzt, als würde er verfolgt. Er floh wie ein Dieb. Die furchtbare Angst packte ihn, er möchte gesehen, von seiner Frau und deren Liebhaber erkannt worden sein. So lief er ohne anzuhalten bis zu seinem Café und fiel dort, außer Atem, in seinen Stuhl.

An jenem Tage trank er drei Gläser Absinth.

Vier Monate lang blieb ihm die schmerzliche Erinnerung dieser Begegnung im Herzen hängen. Jede Nacht sah er sie immer alle drei, wie sie Vater, Mutter und Sohn, ruhig und glücklich auf dem Boulevard spazieren gingen, ehe sie heimkehrten, um zu essen. Diese neue Erinnerung ließ allmählich die alte verblassen, das war nun wieder etwas anderes, etwas Neues, auch ein neuer Schmerz. Der kleine Georgi, sein kleiner Georg, den er einst so geliebt, einst so heiß geküsst, verschwand ihm in unendlich ferner Vergangenheit. Er sah jetzt einen andern Georg vor sich, einen Bruder des einstigen, einen großen Jungen mit nackten Beinen, der ihn gar nicht mehr kannte. Bei dem Gedanken litt er unsäglich! Die Liebe des Kindes zu ihm war erstorben. Es gab ja auch kein Band mehr zwischen ihnen. Wenn er des Weges kam, streckte ihm der Kleine nicht mehr die Arme entgegen! Er hatte ihn sogar böse angeblickt.

Aber allmählich ward es ruhiger in seiner Seele, sein Leid ließ nach, das Bild verblasste vor seinen Augen, ward unbestimmter und quälte ihn nächstens nur noch selten. Er fing wieder an zu leben, wie andere auch, wie alle, die nichts zu tun haben, die ihr Glas Bier an den Marmortischen trinken und ihren Hosenboden auf dem fadenscheinigen Samt der Cafésofas abnutzen.

Er ward alt im Tabaksqualm. Unter dem Schein der Gasflammen gingen ihm die Haare aus. Das Bad, das er jede Woche nahm, erschien ihm nun wie ein großes Ereignis! Der Haarschnitt alle vierzehn Tage, die Anschaffung eines neuen Rockes oder eines neuen Hutes, als etwas ganz Besonderes. Wenn er mit einer neuen Kopfbedeckung in sein Bräu kam, betrachtete er sich lange Zeit im Spiegel, ehe er sich niederließ, setzte den Hut auf und nahm ihn mehrmals ab, schob ihn einmal rechts, einmal links, und fragte endlich seine Freundin, die Kassiererin, die ihm zugesehen:

»Finden Sie, dass er mir gutsteht?«

Zwei oder drei Mal jährlich ging er ins Theater, und im Sommer brachte er hier und da einmal einen Abend in einem Tingeltangel der Champs-Elysees zu. Dann blieb ihm immer im Gedächtnis irgendeine Melodie hängen, die ihn dann wochenlang beschäftigte, die er vor sich hinsummte, während er mit dem Fuß den Takt dazu schlug, wenn er bei seinem Glase Bier saß.

Ein Jahr ging nach dem andern hin, langsam, inhaltlos. Er merkte nicht, wie die Jahre enteilten. Ohne sich vom Flecke zu bewegen, ohne sich über irgendetwas mehr aufzuregen, immer an seinem Biertisch im Bräu, ging er langsam dem Tode entgegen, und nur der große Spiegel, an den er immer seinen täglich grauer werdenden Kopf lehnte, zeigte die Verheerungen, die im flüchtigen Vorbeieilen die Zeit anrichtet, die Menschen, die armen Menschen verschlingend.

Jetzt dachte er nur noch selten an das furchtbare Ereignis, das den Wendepunkt in seinem Leben bedeutet, denn seit jenem schrecklichen Abend waren zwanzig Jahre verstrichen.

Aber das Leben, das er seitdem geführt, hatte ihn verbraucht, entkräftet und geschwächt. Und oft sagte zu ihm der Wirt, der sechste Wirt, seitdem er zum ersten Mal das Bräu betreten:

»Herr Parent, Sie sollten sich ein bisschen Bewegung machen, ein bisschen Luft schnappen, mal aufs Land gehen. Ich kann Ihnen die Versicherung geben, dass Sie sich seit einigen Monaten sehr verändert haben.«

Und wenn sein Gast hinausgegangen war, teilte der Wirt der Kassiererin seine Beobachtungen mit:

»Mit dem armen Herrn Parent steht's schlecht. Das taugt nichts, niemals aus der Stadt heraus zu kommen. Reden Sie ihm doch zu, da er Vertrauen zu Ihnen hat, dass er mal einen Ausflug machen soll. Jetzt wird's bald Sommer. Das kann ihn wieder auf den Damm bringen.«

Und die Kassiererin, die großes Mitleid mit dem alten Stammgast hatte, sagte jeden Tag zu Herrn Parent:

– Aber entschließen Sie sich doch mal, Luft zu schnappen. Ach, auf dem Lande ists so hübsch! Wenn die Sonne scheint! Wenn ich nur könnte, ich würde mein ganzes Leben im Freien sein!

Und sie teilte ihm ihre Träume und Hoffnungen mit, die poetischen Ideen aller jener armen Mädchen, die das ganze Jahr hindurch hinter den Fensterscheiben eines Ladens sitzen, das lärmende Treiben der Straßen an sich vorbeibrausen hören und immer nur an das ruhige süße Dasein auf dem Lande denken, an das Leben unter schattigen Bäumen, in lachendem Sonnenschein, auf der Wiese, im dunklen Wald, am plätschernden Bache, wo die Kühe im Grase liegen, wo tausend Blumen blühen, blau, rot, gelb, lila, rosa, weiß, alle so reizend, so frisch, so duftend, Blumen, die man auf dem Spaziergange pflückt und zum Strauße bindet.

Sie fand Vergnügen daran, ihm von ihrer ewigen Sehnsucht zu sprechen, die sie nicht erfüllen konnte, die sich nicht erfüllen ließ. Und er, der arme alte Mann, der im Leben nichts mehr zu hoffen hatte, fand Gefallen daran, ihr zu lauschen. Er setzte sich neben das Büffet, um mit Fräulein Zoë über das Landleben und über sie selbst zu schwatzen. Da überkam ihn allmählich eine unbestimmte Sehnsucht, auch einmal den Wald wieder zu schauen, zu sehen, ob es dort, fern von der großen Stadt wirklich so schön sei, wie sie sagte.

Eines Morgens fragte er:

– Wo kann man denn wohl in der Umgegend von Paris am besten frühstücken?

Sie antwortete:

– Gehen Sie doch auf die Terrasse von Saint-Germain, dort ist es reizend.

Als Bräutigam war er einmal dort gewesen und deshalb entschloss er sich, dorthin zurückzukehren.

Ohne eigentlichen Grund, nur weil man eben allgemein Sonntags auszugehen pflegt, selbst wenn man sonst in der Woche nichts zu tun hat, wählte er gerade einen Sonntag.

Früh brach er nach Saint-Germain auf. Es war Anfang Juli. Der Tag hell und warm. Er lehnte sich an das offene Fenster des Eisenbahnabteils, sah die Bäume und die kleinen seltsamen Häuser der Umgebung von Paris vorübergleiten. Ihm war traurig zu Sinn. Er ärgerte sich darüber, dass er der plötzlichen Regung gefolgt und seine alte Gewohnheit aufgegeben. Die Landschaft, die ewig wechselte und doch immer dieselbe blieb, ermüdete ihn. Er hatte Durst und wäre am liebsten an jeder Station ausgestiegen, um sich ins Cafe zu setzen, das er hinter dem Bahnhof sah, ein oder zwei Glas Bier zu trinken und dann mit dem nächsten Zuge in der andern Richtung nach Paris zurückzukehren. Und dann schien ihm die Reise so weit, zu weit. Ganze Tage lang konnte er ruhig dasitzen, wenn er die ewig gleichen Gegenstände sah, aber hier auf einem Fleck bleiben, während die Landschaft immerfort vor ihm wechselte und er selbst sich nicht bewegen konnte, nein – das langweilte ihn.

Trotzdem blickte er auf die Seine, als sie darüber fuhren. Er sah unter der Brücke von Chatou Boote vorüberschießen, durch die nackten Arme der Ruderer mit starken Ruderschlägen getrieben. Und er dachte: die Kerls da unten langweilen sich wenigstens nicht.

Als er den Fluss erblickte, wie er sich zu beiden Seiten der Brücke von Pecq in langem Bande durch die Landschaft zog, stieg ihm aus der Tiefe seines Herzens der Wunsch auf, dort am Ufer sich zu ergehen. Aber der Zug tauchte in einen Tunnel vor dem Bahnhofe von Saint-Germain und hielt bald darauf auf der Station.

Parent stieg aus und ging müde, die Hände auf den Rücken gelegt, zur Terrasse. Als er an das Eisengeländer kam, blieb er stehen, um die Aussicht zu betrachten. Die unendliche Ebene dehnte sich vor ihm aus, weit wie das Meer, mit Dörfern übersät, volkreich wie ganze Städte. Weiße Straßen durchschnitten das breite Land. Hier und da tauchte das Grün einer Waldparzelle auf, die Teiche von Besinet blitzten wie Silberspiegel und die fernen Höhenzüge von Sannois und Argenteuil zeichneten sich kaum ab im hellen, bläulichen Schimmer, dass man sie nur erraten konnte. Die Sonne strahlte mit aller Macht warm und reich auf die weite Landschaft nieder, auf der nur ein Paar morgendliche Nebelstreifen lagen, die aufstiegen von der sonnenbestrahlten Erde und von der Seine, die sich wie eine endlose Schlange durch die Ebene wand, an Dörfern und Hügeln vorüber.

Ein lauer Wind voll Frühlingskraft und Blumenduft umfächelte ihn, drang in seine Brust, schien sein Herz zu verjüngen, seinen Geist aufzufrischen, sein Blut zu beleben.

Parent sog ihn fast erstaunt tief in die Lungen und betrachtete mit offenen Augen die weite Landschaft, während er zu sich sprach:

– O, hier ist es schön!

Dann machte er ein Paar Schritte und blieb wieder stehen, um zu betrachten. Er meinte Entdeckungen zu machen, nicht mit dem Auge, sondern mit der Seele. Es war ihm wie ein kommendes, unbekanntes Erlebnis, wie nahendes Glück, wie ungeahnte Freude. Bei diesem unendlichen Blick auf die Natur ging vor ihm eine ganz neue Welt auf, von der er nie etwas geahnt.

Die ganze fürchterliche Traurigkeit seines Daseins schien ihm jetzt durch die Helle, die auf die Erde niederstrahlte, klar zu werden. Er dachte an die zwanzig Jahre, die er eintönig, traurig, trübselig in seinem Cafe zugebracht. Er hätte reisen können wie andere Leute, weit fort, zu fremden Völkern, zu unbekannten Ländern, über die Meere, fort, fort; er hätte sich begeistern können für alles, was andere Menschen erhebt, für die Kunst, für die Wissenschaft. Er hätte das Leben lieben können in tausend Formen und Gestalten, das wundersam reizende oder schmerzliche Leben, das immer wechselt, immer unerklärlich ist, immer seltsam.

Nun war es zu spät. Jetzt wankte er von einem Glas Bier zum andern bis zu seinem Tode, ohne Familie, ohne Freunde, ohne Hoffnung, ohne Interesse für irgendetwas. Da überkam ihn eine fürchterliche Traurigkeit, das Bedürfnis, davon zu laufen, sich zu verstecken, nach Paris zurückzukehren und wieder in sein dumpfes Bräu zu tauchen, Durch das lockende Sonnenlicht auf der weiten Ebene waren alle Gedanken, alle Träume, alle Wünsche, die träge schlummern in stumpfen Seelen, wieder erwacht.

Er fühlte, dass wenn er noch länger hier bliebe, er den Kopf verlieren würde, und schnell ging er zum Pavillon Heinrichs IV. um zu frühstücken, um sich in Wein und Alkohol zu betäuben und wenigstens mit irgendjemand zu reden.

Er setzte sich im Garten an einen kleinen Tisch, von dem man die ganze Landschaft übersah, bestellte sein Essen und bat, es ihm möglichst schnell aufzutragen.

Andere Spaziergänger kamen, setzten sich an die Nachbartische, und er fühlte sich wohler, er war nicht mehr allein.

In einer Laube frühstückten drei Personen. Er hatte sie ein paar Mal flüchtig angesehen, wie man eben den Blick über gleichgültige Menschen schweifen lässt.

Plötzlich zuckte er zusammen unter dem Ton einer Frauenstimme.

Diese Stimme hatte gesagt:

– Georg, Du kannst mal das Huhn tranchieren. Und eine andere Stimme antwortete:

– Ja, Mama.

Parent blickte auf und er begriff, erriet sofort, wer diese Leute waren. Erkannt hätte er sie gewiss nicht. Seine Frau war jetzt ganz weiß, ziemlich stark geworden, eine alte, ernste, würdige Dame. Während sie aß, schob sie den Kopf vor, in der Befürchtung, sie möchte Flecken auf ihr Kleid machen, obgleich sie sich eine Serviette am Busen festgesteckt hatte. Georg war Mann geworden. Er hatte einen Bart bekommen, jenen fast farblosen Flaum, der dem Jüngling um die Wange sprosst. Er trug einen Zylinder, weiße Weste und Einglas, wahrscheinlich aus Afferei. Parent sah ihn erstaunt an. Das war Georg, sein Sohn! Nein, diesen jungen Mann kannte er nicht, zwischen ihnen gab es nichts Gemeinsames.

Limousin saß mit dem Rücken gegen ihn und aß, ein wenig krumm vornüber gebeugt.

Die drei Menschen schienen glücklich und zufrieden zu sein. Sie wollten eben auf dem Lande frühstücken, in einem bekannten Restaurant; ihr Leben floss ruhig, ungetrübt dahin, ein Familienleben in einer gemütlichen, warmen Wohnung, wo es allerlei Dinge gab, die das Leben angenehm machen, wo sie Liebe fanden, wo zärtliche Worte klangen, wie eben zwischen Leuten, die sich gern haben. So hatten sie gelebt, auf seine Kosten, mit seinem Gelde, nachdem sie ihn betrogen, bestohlen und verlassen. Ihn, den gutmütigen, unschuldigen, naiven Mann hatten sie zum Jammer der Einsamkeit verurteilt, zu dem grässlichen Dasein, das er geführt, zwischen Straße und Wirtshaus, zu allen seelischen Leiden und zu allem körperlichen Elend. Sie hatten aus ihm ein unnützes, in der Welt verirrtes und verlornes Wesen gemacht, einen armen, alten Mann, der keine Freude mehr hatte, nichts mehr von den Dingen, noch von den Menschen erhoffen durfte. Für ihn war die Erde leer, denn auf dieser Erde liebte er nichts. Er konnte durch die ganze Welt irren, durch die Straßen laufen, in alle Häuser von Paris treten, er würde doch hinter keiner Tür irgendein Gesicht finden, das er gesucht, das er liebte, irgendein Frauen- oder Kinderantlitz, das etwa gelächelt hätte, wenn es ihn sah. Der Gedanke an die Tür, die man öffnet um jemandem dahinter zu finden, den man küssen möchte, fraß an seiner Seele.

Und diese drei Elenden da waren schuld daran, diese unwürdige Frau, dieser infame Freund und dieser große, blonde Bursche dort, der unverschämt dreinschaute.

Jetzt verdachte er es dem Kinde genau so, wie den beiden Andern. War es nicht Limousins Sohn! Würde ihn sonst Limousin bei sich behalten haben, geliebt haben? Würde Limousin sich nicht bald der Mutter wie des Sohnes entledigt haben, wenn er nicht gewusst hätte, dass der da bestimmt sein Sohn war? Erzieht man die Kinder fremder Leute?

Da saßen sie nun, ganz nahe bei ihm, diese drei Missetäter, die an seinem ganzen Elend schuld waren.

Parent betrachtete sie und ward immer erregter und wütender bei dem Gedanken an all den Kummer, an all sein Herzeleid, an all seine Verzweiflung. Am meisten empörte ihn ihr ruhiges befriedigtes Aussehen. Er hatte Lust, sie niederzuschlagen, ihnen einen Siphon an den Kopf zu werfen, Limousin, der sich gerade auf seinen Teller beugte, den Schädel zu zerschmettern.

Die lebten so dahin ohne irgendwelchen Kummer, ohne irgendeine Aufregung. Nein, nein, das war zu stark! Er wollte sich rächen, er wollte sich sofort rächen, da er sie einmal hier hatte. Aber wie? Er überlegte es sich und dachte an fürchterliche Dinge, wie sie in den Schauerromanen der Zeitungen vorkommen. Aber einen praktischen Plan fand er nicht. Und um Mut zu bekommen, trank er ein Glas nach dem andern, denn diese Gelegenheit durfte ihm nicht entgehen, so leicht kam sie nicht wieder.

Plötzlich hatte er einen Gedanken, einen furchtbaren Gedanken. Er setzte sein Glas ab, um ihn reifen zu lassen. Er musste lächeln und murmelte:

– So, jetzt habe ich sie, nun wollen wir mal sehen! Jetzt werden wir mal sehen.

Der Kellner fragte ihn:

– Wünscht der Herr noch etwas?

– Nichts, nur Kaffee und Cognac; aber vom besten!

Und nun beobachtete er sie, wie sie tranken. Um das zu tun, was er vorhatte, waren doch zu viel Menschen hier. Er wollte also abwarten, er wollte ihnen nachschleichen, denn sie würden unbedingt auf die Terrasse gehen oder in den Wald. Wenn sie ein Stück entfernt wären, wollte er ihnen folgen, und dann sich rächen, ja, ja, sich rächen. Zu früh war's gerade nicht, jetzt nach dreiundzwanzig Jahren des Leides. O, sie hatten keine Ahnung, was ihnen bevorstand.

In ruhiger Unterhaltung beendeten sie ihr Frühstück. Parent konnte ihre Worte nicht verstehen, aber er sah ihre bedächtigen Bewegungen. Vor allem empörte ihn das Gesicht seiner Frau. Sie hatte eine hochmütige Art angenommen, eine Art fetter Würde, der nichts nahe kommen konnte, mit strengen Prinzipien gepanzert, strotzend vor Tugend.

Da bezahlten sie und standen auf. Nun sah er Limousin von vorn. Er hatte etwas von einem Diplomaten außer Dienst, ein so würdiges Aussehen verlieh ihm der schöne weiße lange Backenbart, dessen Spitzen bis auf den schwarzen Rock niederfielen.

Sie gingen davon. Georg rauchte eine Cigarre, den Hut schief auf dem Kopf. Parent folgte ihnen sofort.

Zuerst machten sie einen Rundgang auf der Terrasse und bewunderten die Landschaft bedächtig, wie es eben wohlsituierte Leute tun; dann gingen sie in den Wald.

Parent rieb sich die Hände und folgte ihnen immer von Weitem, indem er sich etwas versteckt hielt, um ihre Aufmerksamkeit nicht zu zeitig zu erregen.

Sie gingen bei der lauen Luft mit kleinen Schritten unter dem wundervollen Laubdach dahin. Henriette hatte Limousins Arm genommen. Sie schritt gerade aufgerichtet an seiner Seite, wie eine selbstbewusste ihrer selbst sichere Gattin. Georg schlug mit seinem Stöckchen die Blätter ab, sprang ab und zu einmal über den Graben mit einem Satz wie ein junges feuriges Pferd.

Parent näherte sich allmählich, außer Atem vor Erregung und Müdigkeit, denn er war das Gehen nicht mehr gewohnt. Bald hatte er sie eingeholt. Aber eine unerklärliche, unbestimmte Furcht hatte ihn überkommen und er lief an ihnen vorbei, um ihnen von vorn entgegenzutreten.

Sein Herz klopfte. Er fühlte, wie sie hinter ihm gingen und immer sagte er sich: also jetzt Mut, Mut, der Augenblick ist ja gegeben, jetzt muss es sein.

Er drehte sich um. Sie hatten sich alle drei ins Gras gesetzt zu Füßen eines großen Baumes und unterhielten sich.

Da entschloss er sich und trat schnell auf sie zu, blieb vor ihnen stehen, mitten auf dem Wege und sagte mit kurzer stockender Stimme, aus der die Erregung klang:

– Ich bin's. Da bin ich. Ihr habt mich nicht erwartet.

Alle drei blickten den fremden Mann an, in der Meinung, er sei verrückt.

Er fuhr fort:

– Ihr scheint mich gar nicht zu erkennen. Seht mich nur mal genau an. Ich bin Parent, Heinrich Parent. Ja, ihr habt wohl nicht geglaubt, dass ich gerade hier herkäme, ihr dachtet wohl, nun wäre alles aus, ihr würdet mich nicht wiedersehen! O nein, nein, nein, da bin ich, und nun wollen wir mal miteinander abrechnen.

Henriette verbarg erschrocken ihr Gesicht in den Händen und stammelte:

– O mein Gott!

Georg hatte sich erhoben, als er den Unbekannten sah, der gegen seine Mutter eine Drohung ausstieß und wollte ihn beim Kragen packen.

Limousin stand niedergeschmettert da und starrte erschrocken die Erscheinung an, die, nachdem sie ein paar Sekunden Atem geschöpft, fortfuhr:

– Also jetzt wollen wir mal Abrechnung halten. Der Augenblick ist gekommen. Ihr habt mich betrogen, ihr habt mich zu einem Sträflingsdasein verurteilt! Und habt wohl gedacht, dafür gebe es keine Vergeltung ...

Aber der junge Mann packte ihn bei der Schulter und stieß ihn zurück:

– Sind Sie verrückt! Was wollen Sie denn? Machen Sie, dass Sie sofort weiter kommen, oder ich zieh Ihnen eins über!

Parent antwortete:

– Was ich will? Ich will Dir sagen, wer die Leute da sind.

Aber Georg schüttelte ihn wütend und war im Begriff, ihn zu schlagen, als der andere fortfuhr:

– Lass mich los, ich bin Dein Vater! Da sieh mal hin, ob die beiden Elenden da mich wieder erkennen.

Der junge Mann ließ ihn erschrocken los und wandte sich zu seiner Mutter.

Parent trat nun auf sie zu:

– So, jetzt sage ihm mal, wer ich bin, sag ihm, dass ich Heinrich Parent heiße und dass ich sein Vater bin, da er Georg Parent heißt und da Du meine Frau bist, und da ihr alle drei von meinem Gelde lebt, von meinen

zehntausend Franken, die ich euch bezahle, seitdem ich euch rausgeschmissen habe. Und dann könnt ihr ihm noch sagen, warum ich euch
'rausgeschmissen habe, weil ich Dich mit diesem Lumpen, diesem Hund
dort, mit Deinem Liebhaber abgefasst habe! Und sag ihm, dass ich ein anständiger Mann gewesen bin, den Du seines Geldes wegen geheiratet hast
und den Du betrogen hast, vom ersten Tage ab. Sag ihm, wer ihr seid und
wer ich bin.

Er stotterte und verlor den Atem, so übermannte ihn die Wut.

Die Frau schrie mit verzweifeltem Ton:

– Paul! Paul! Leide doch nicht, dass er weiter spricht. Er soll den Mund
halten! Leide doch nicht, dass er so etwas vor meinem Sohne sagt.

Limousin seinerseits war aufgestanden und sagte gedämpft:

– Schweigen Sie! Schweigen Sie! Wissen Sie denn nicht, was Sie da tun?

Parent antwortete heftig:

– Ich weiß sehr wohl, was ich tue, und das ist noch lange nicht alles. Eins
will ich wissen, etwas, das mich seit zwanzig Jahren quält.

Nun wandte er sich gegen Georg, der sich ganz erschrocken gegen einen
Baum gelehnt hatte:

– Du, hör mal zu. Als sie damals von mir fortgegangen ist, hat sie gemeint,
es genügte noch nicht, mich hintergangen zu haben, sondern sie wollte
mich auch noch verrückt machen. Du warst mein einziger Trost. Sie hat
Dich mitgenommen und mir geschworen, dass ich nicht Dein Vater bin,
sondern dass der da Dein Vater ist. Hat sie gelogen? Ich weiß es nicht. Seit
zwanzig Jahren möchte ich's wissen.

Er trat ganz nahe an sie heran mit tragischen Gebärden, fürchterlich anzu-
schauen, riss ihr die Hand vom Gesicht und rief:

– Ich fordere Dich hiermit auf, mir jetzt zu sagen, wer von uns beiden der
Vater des jungen Mannes da ist, er oder ich, Dein Mann oder Dein Ge-
liebter. Vorwärts, jetzt schnell Antwort.

Limousin warf sich auf ihn. Parent stieß ihn zurück mit wütendem Gelächter:

– Ah, heute bist Du tapferer, nicht wahr, heute bist Du tapferer als damals,
als Du die Treppe runter ausgerissen bist, weil ich Dich sonst totgeschlagen
hätte. Nun, wenn sie nicht antwortet, dann antworte doch Du, Du musst's
doch ebenso gut wissen, wie sie. Jetzt sag mir, wer ist der Vater dieses
Jungen? Vorwärts, sprich.

Er trat wieder auf seine Frau zu:

– Wenn Du es mir nicht sagen willst, so sag es, wenigstens Deinem Sohn. Heute ist er ein Mann und jetzt hat er wohl das Recht zu erfahren, wer eigentlich sein Vater ist. Ich weiß es nicht, ich habe es nie gewusst, niemals, und ich kann Dir's nicht sagen, mein Junge.

Er wurde ganz verrückt, seine Stimme nahm einen scharfen Klang an und er fuchtelte mit den Armen umher, wie ein Epileptiker:

– Na, nu vorwärts, antwortet doch. – Sie weiß es nicht, ich möchte wetten, sie weiß es nicht – weiß der Deubel, sie weiß es nicht! Sie hat mit beiden geschlafen, ah, ah, kein Mensch weiß es, kein Mensch. Woher soll man auch so was wissen? Und Du mein Junge, wirst ja auch nichts wissen, wirst's nie wissen, nie sicherer als ich. Frage sie doch mal, frage sie doch mal, Du wirst sehen, dass sie's nicht weiß – ich auch nicht, er auch nicht, Du auch nicht, kein Mensch weiß es. Du kannst einfach wählen, jawohl Du kannst wählen, zwischen ihm und mir. Nun wähle mal – und nun gute Nacht. Jetzt ist's aus. Wenn sie sich dazu entschließt, Dir's zu sagen, da kannst Du mich benachrichtigen im Hotel zu den fünf Weltteilen. Nicht wahr? Es würde mir wirklich Freude machen, 's zu erfahren. Gute Nacht, ich wünsch euch viel Vergnügen.

Heftig gestikulierend ging er davon, sprach immer vor sich hin unter den großen Bäumen in der frischen freien Luft, durch die die Wohlgerüche zogen. Er drehte sich nicht um, um sie noch einmal zu sehen, er ging seiner Wege. Die Wut trieb ihn, die Verzweiflung und die fixe Idee, die in ihm wühlte.

Plötzlich stand er am Bahnhof. Ein Zug sollte eben abgehen. Er stieg ein. Und während der Fahrt legte sich seine Wut. Er ward wieder seiner Sinne mächtig und kehrte nach Paris zurück, selbst ganz erstaunt über seinen Mut.

Er fühlte sich wie zerbrochen, als ob man ihm alle Knochen zerschlagen. Trotzdem ging er in sein Bräu, um sein Glas Bier zu trinken.

Als Fräulein Zoë ihn eintreten sah, fragte sie erstaunt:

– Schon zurück? Sind Sie müde?

Er antwortete:

– Ja, ja, sehr müde, sehr müde. Wissen Sie, wenn man das Ausgehen nicht gewöhnt ist – na für mich ist es alle, ich gehe nicht wieder aufs Land. Ich wäre besser hier geblieben. Jedenfalls jetzt bringen mich keine zehn Pferde wieder fort.

Und trotz ihrer Bemühungen gelang es ihr nicht, irgendetwas von seinem Ausflüge aus ihm herauszulocken.

Und zum ersten Mal in seinem Leben betrank er sich an diesem Abend wie ein Stier, sodass man ihn nach Hause schaffen musste.

Der Tugendpreis

Wir waren eben durch Gisors gekommen. Ich war aufgewacht, als ich die Schaffner den Namen der Stadt ausrufen hörte, und wollte eben wieder einnicken, als ein furchtbarer Stoß mich auf die dicke Dame schleuderte, die mir gegenübersaß.

An der Maschine war ein Rad gebrochen, und sie lag quer über den Schienen; der Tender und der Gepäckwagen waren ebenfalls entgleist, hatten sich neben die sterbende gelegt, die fauchte, stöhnte, pfiff und spie, wie ein Pferd, das auf der Straße gestürzt ist und dessen Flanken schlagen, dessen Brust zittert, dessen Nüstern rauchen, dessen ganzer Körper bebt, aber das nicht mehr der geringsten Bewegung fähig scheint, um aufzustehen und weiter zu laufen.

Es gab weder Tote noch Verwundete, nur ein paar Leichtverletzte, denn der Zug war noch nicht recht im Gang gewesen. Und wir sahen nun verzweifelt das große, verstümmelte Eisenvieh, das uns nicht mehr ziehen konnte und das vielleicht nun auf lange Zeit den Weg versperrte, daliegen. Auf lange Zeit, denn es musste wahrscheinlich aus Paris telegraphisch ein Hilfszug herbeigerufen werden.

Es war zehn Uhr morgens, und ich entschloss mich sofort nach Gisors zurückzugehen und dort zu frühstücken.

Als ich den Bahndamm hinunterschritt, sagte ich zu mir: Gisors? Gisors? Da kenne ich doch jemand, – aber wen denn? Gisors? Ich muss doch irgendeinen Bekannten hier haben.

Plötzlich kam mir ein Name in die Erinnerung. Albert Marambot.

Ein einstiger Schulfreund, den ich seit zwanzig Jahren nicht gesehen hatte und der in Gisors Arzt war. Er hatte mich oft eingeladen, ich hatte immer versprochen zu kommen, war aber nie gekommen. Jetzt konnte ich die Gelegenheit benutzen.

Den ersten Vorübergehenden fragte ich – Wissen Sie, wo Herr Dr. Marambot wohnt? – Er antwortete sofort mit dem gedehnten Accent des Normannen: – Rue Dauphine. – Ich sah in der Tat an der Tür des mir bezeichneten Hauses eine große Kupferplatte, auf der der Name meines einstigen Schulfreundes graviert stand. Ich klingelte. Aber das Mädchen, strohblond, mit langsamen Bewegungen, sagte mit törichtem Ausdruck: – Er ist nicht da, er ist nicht da.

Ich hörte Bestecke klappern und Gläser klirren und rief:

– He Marambot! – Eine Tür ging auf, und ein dicker Mann mit Backenbart und zufriedener Miene, eine Serviette in der Hand, erschien.

Ich hätte ihn ganz bestimmt nicht wieder erkannt. Er sah aus wie fünfundvierzig Jahr, und in einer Sekunde erschien vor mir das ganze Provinzleben, das schwer, dick und alt macht. In einem einzigen Geistesblitz, schneller als meine Bewegung, ihm die Hand entgegenzustrecken, kannte ich seine ganze Existenz, seine Lebensweise, seinen geistigen Horizont, seine Weltanschauung. Ich erriet, dass er gern lange bei Tisch saß, was ihm seinen Schmerbauch eingetragen hatte, dass er nachher stumpfsinnig schlief in durch Cognacbegießung erschwerter Verdauung und sah, wie er schläfrig seine Kranken anblickte, immer im Gedanken an das Huhn, das auf dem Herde briet. Ich hörte die ganze Unterhaltung über Küchendinge, über Apfel- und Beerenwein, Schnaps, über die Art, gewisse Speisen zuzubereiten, Saucen, schön, rund und vollzumachen, all das stand vor mir, als ich seine dicken, runden Backen sah, seine schweren Lippen und den toten Blick der Augen.

Ich sagte zu ihm:

– Erkennst Du mich denn nicht? Ich bin Raoul Aubertin.

Er öffnete die Arme und hätte mich beinah erwürgt. Dann war sein erstes Wort:

– Du hast doch hoffentlich noch nicht gefrühstückt?

– Nein.

– So ein Glück! Ich bin eben bei Tisch und habe gerade wundervolle Forellen.

Fünf Minuten später frühstückte ich mit ihm. Ich fragte ihn:

– Bist Du Junggeselle geblieben?

– Allerdings.

– Und befindest Du Dich denn wohl hier?

– Ich langweile mich nicht, ich bin beschäftigt. Ich habe Patienten und Freunde, ich esse gut, ich lache gern, ich gehe auf die Jagd – so ist's ganz nett.

– Kommt Dir denn das Dasein in der kleinen Stadt nicht etwas eintönig vor?

– Nein, lieber Freund, wenn man sich zu beschäftigen weiß ... Im übrigen ist's in einer kleinen Stadt genau so wie in einer großen. Die Ereignisse und Freuden sind dünner gesät, aber man misst ihnen einen größeren Wert bei, man hat weniger Beziehungen, aber man sieht sich häufiger. Wenn man alle Fenster in einer Straße kennt, so beschäftigt einen jedes einzelne mehr, als eine ganze Straße in Paris.

Weißt Du, solch eine kleine Stadt ist sehr amüsant, sehr amüsant. Sieh mal zum Beispiel Gisors. Ich kenne es in- und auswendig von den ersten Anfängen bis heute. Du hast keine Ahnung, wie seltsam die Geschichte dieser Stadt ist.

– Bist Du aus Gisors?

– Ich? Nein, ich bin aus Gournay, der Nachbarstadt und Rivalin. Gournay ist neben Gisors, was Lucullus neben Cicero war: hier ist alles auf Ruhm erpicht, und man spricht von den »Ehrgeizigen von Gisors,« in Gournay ist alles für gutes Leben und es heißt: »die Schlemmer von Gournay.«

Gisors verachtet Gournay, aber Gournay macht sich über Gisors lustig. Es ist furchtbar komisch hier bei uns.

Ich bemerkte, dass ich wirklich etwas Vorzügliches aß, weiche Eier in einem Fleischgelee, das durch Kräuter schmackhaft gemacht und leicht gefroren war.

Ich sagte, mit der Zunge schnalzend, um Marambot zu schmeicheln: – Das schmeckt fein.

Er lächelte: – Zwei Sachen sind dazu nötig, gutes Gelee, das ist schwer zu bekommen, und gute Eier. Oh, gute Eier sind so selten! Das Gelbe muss etwas rötlich sein, so richtig schmackhaft. Ich habe zwei Hühnerhöfe, einen für Eierproduktion und einen für Geflügelmästung. Meine Leghühner füttere ich auf ganz besondere Art. Ich habe so meine Ideen darüber. In dem Ei, wie im Fleisch des Huhnes, des Ochsen oder des Hammels, in der Milch, in allem findet man wieder und muss ihn auch schmecken den Kern, die Quintessenz der ganzen bisherigen Nahrung des Tieres. Man könnte so viel besser essen, wenn man sich mehr darum kümmerte.

Ich lachte:

– Du bist also Feinschmecker?

– Ja wahrhaftig! Nur dumme Menschen sind keine Feinschmecker. Feinschmecker ist man, wie man Künstler, Gelehrter oder Dichter ist. Der Geschmack, lieber Freund, ist ein zarter Sinn, der verbesserungsfähig ist und gehütet werden muss, wie Auge und Ohr. Wer keinen Geschmack hat, dem fehlt etwas Wunderbares, die Fähigkeit, die Qualität der Nahrungsmittel zu unterscheiden, so wie man vielleicht die Schönheiten eines Buches oder Kunstwerkes nicht unterscheiden kann. Wer keinen Geschmack hat, dem fehlt ein wichtiger Sinn, ein wesentlicher Teil der menschlichen Überlegenheit, der gehört einer der unzähligen Arten von Krüppeln an, den törichten, linkischen Menschen, aus denen sich unsere Rasse zusammensetzt. Solche Leute sind »zungendumm« mit einem Wort, so wie man gehirndumm sein kann. Ein Mensch, der eine Languste von einem Hummer nicht unterscheiden kann, einen Hering, diesen wunderbaren Fisch, der als Köstlichstes alle Meeresdüfte in sich trägt, von einer Makrele nicht unterscheiden kann oder von einem Wittling, und eine gewöhnliche Birne nicht von einer Duchesse, ist etwa so wie einer, der Balzac mit Eugen Sue verwechseln würde oder eine Symphonie von Beethoven mit dem Armeemarsch irgendeines Militärmusikdirigenten, und den Apollo von Belvedere mit der Bildsäule des Generals de Blanmont.

– Wer ist denn der General de Blanmont?

– Ach so, das weißt Du ja nicht. Na, man sieht schon, dass Du nicht aus Gisors bist. Lieber Freund, ich habe Dir vorhin gesagt, dass man die Einwohner dieser Stadt die Ehrgeizigen von Gisors nennt, und nie hat jemand diesen Beinamen mehr verdient. Aber zuerst wollen wir frühstücken, und ich werde von der Stadt erst sprechen, wenn ich sie Dir gleichzeitig zeigen kann.

Von Zeit zu Zeit unterbrach er sich, um langsam ein Glas Wein zu trinken, das er zärtlich anblickte, wenn er es auf den Tisch setzte.

Mit der um den Hals gebundenen Serviette, den roten Backen, den gierigen Augen, dem um den arbeitenden Mund sich ausbreitenden Backenbart, war er wirklich komisch anzusehen.

Ich musste essen, bis ich nicht mehr konnte. Als ich dann wieder zum Bahnhof gehen wollte, nahm er mich beim Arm und zog mich durch die Straßen. Die Stadt hat einen netten Provinzcharakter und wird von ihrer Festung überragt, dem wundervollsten, militärischen Bauwerk des siebenten Jahrhunderts in Frankreich. Sie liegt ihrerseits wieder über einem langen, grünen Tal, in dem die schweren Kühe der Normandie weiden und wiederkäuen auf den grünen Wiesen.

Der Doktor sagte zu mir: – Gisors, Stadt von viertausend Einwohnern an der Eure, wird schon bei Caesar erwähnt: Cäsaris ostium – Cäsartium – Cäsortium – Gisortium – Gisors. Ich werde Dich aber nicht zum römischen Lager führen, dessen Spuren man noch genau sieht.

Ich lachte und antwortete: – Lieber Freund, Du scheinst eine ganz eigene Krankheit zu haben, die solltest Du als Arzt mal genau studieren. Man nennt sie Kirchturmkrankheit.

Er hielt inne:

– Der Kirchturmgeist, lieber Freund, ist nichts anderes, als der natürliche Patriotismus. Ich liebe mein Haus, meine Stadt und meine Provinz über alles, weil ich dort die Sitten meines Dorfes wiederfinde. Aber wenn ich die Grenze liebe und sie verteidige, und wenn ich mich ärgere, wenn der Nachbar den Fuß darübersetzt, so geschieht das, weil ich mich in meinem Haus bedroht fühle, weil die Grenze, die ich nicht kenne, meine Provinz ist. So bin ich, – ein Normanne, ein wahrer Normanne, und trotz meines Hasses gegen die Deutschen und meines Rachedurstes, verachte ich sie nicht, hasse ich sie nicht aus Instinkt, wie den Engländer, unsern wirklichen Feind, den Erbfeind und natürlichen Feind des Normannen, weil der Engländer auf diesem Boden, wo meine Vorfahren gewohnt haben, eingebrochen ist, ihn verwüstet und zerstört hat zwanzig Mal, und mir die Abneigung gegen dieses perfide Volk von Jugend auf eingeflößt worden ist durch meinen Vater. Sieh mal da, das ist die Bildsäule des Generals.

– Welches Generals?

– Des General de Blanmont. Wir mussten eine Statue haben! Wir sind nicht umsonst die Ehrgeizigen von Gisors, und da haben wir den General de Blanmont entdeckt. Sieh nur mal in das Schaufenster dieser Buchhandlung.

Er führte mich an das Fenster eines Buchladens, wo ein paar Dutzend rote, gelbe, blaue Bücher den Blick auf sich zogen.

Als ich die Titel las, packte mich fast ein Lachkrampf. Sie hießen: »Gisors, sein Ursprung, seine Zukunft von M.X. …, Mitglied mehrerer gelehrter Gesellschaften.«

»Geschichte von Gisors von Pfarrer N. …«

»Gisors von Cäsar bis auf unsere Tage von M.B. … Grundbesitzer.«

»Gisors und seine Umgebung von Dr. C.D. …«

»Gisors und seine Berühmtheit von einem Kenner.«

– Lieber Freund, – sagte Marambot, – kein Jahr geht vorüber, nicht ein Jahr hörst Du wohl, ohne dass hier eine neue Geschichte von Gisors erscheint. Es gibt deren schon dreiundzwanzig.

– Ja, und die Berühmtheiten von Gisors? – fragte ich.

– Ach, die kann ich Dir nicht alle aufzählen. Ich will Dir nur ein paar nennen. Da haben wir zuerst den General de Blanmont gehabt, dann den Baron Davillier, den berühmten Keramiker, den Erforscher Spaniens und der Balearen, der die wunderbaren spanisch-arabischen Fayencen den Kennern zugänglich machte, dann in der Literatur einen Journalisten von großem Verdienst, der heut schon tot ist, Karl Brainne, und unter den Lebenden den sehr bemerkenswerten Herausgeber der »Rouener Neusten Nachrichten« Karl Lapierre und noch viele andere, viele andere.

Wir folgten einer langen, sich leise senkenden Straße, auf der in ihrer ganzen Ausdehnung die Junisonne glühte, sodass die Leute in ihren Häusern geblieben waren.

Plötzlich erschien am anderen Ende der Straße ein Mann, ein Betrunkener, der hin- und hertaumelte.

Er kam daher, den Kopf vorgestreckt, mit schlenkernden Armen, eingedrückten Knien, machte einmal drei, sechs oder zehn schnelle Schritte und blieb dann halten. Wenn seine kurze Anspannung der Tatkraft ihn bis auf die Mitte der Straße gebracht hatte, blieb er stehen, schwankte, ob er hinfallen oder sich zum zweiten Male aufraffen sollte, dann rannte er plötzlich in irgendeiner Richtung wieder davon. Nun stieß er an ein Haus, an dem er kleben zu bleiben schien, als ob er hinein wollte mitten durch die Wand, durch den Anprall flog er herum, stierte vor sich hin mit offenem Mund, blinzelte im Sonnenschein, gab sich einen Stoß, sodass sein Rücken von der Mauer abkam, und setzte sich wieder in Bewegung.

Bellend folgte ihm ein kleiner gelber Hund, blieb stehen, wenn er stehen blieb und lief weiter, wenn er weiterging.

– Da sieh mal, – sagte Marambot, – das ist der Inhaber des Tugendpreises der Frau Husson. Ich war sehr erstaunt und fragte: – Tugendpreis der Frau Husson? Was soll denn das heißen?

Der Arzt begann zu lachen:

– Ach, so nennen wir bei uns die Betrunkenen. Das kommt von einer alten Geschichte, die jetzt beinah Legende geworden ist, obgleich sie von A bis Z wahr ist.

– Das ist wohl eine sehr komische Geschichte?

– Ja, sehr komisch.

– Das musst Du mir erzählen.

– Sehr gern. Früher gab es in dieser Stadt eine alte Dame, die sehr tugendhaft war und Beschützerin der Tugend zugleich. Sie hieß Frau Husson. Ich nenne Dir wirkliche Namen und nicht Namen, die ich jetzt erfinde. Frau Husson beschäftigte sich hauptsächlich mit Wohltätigkeit, half den Armen und unterstützte die, die es wert waren. Sie war klein, machte winzige, trippelnde Schrittchen, trug eine Perücke und ging immer in schwarzer Seide, war sehr feierlich und höflich und stand sich ausgezeichnet mit dem lieben Gott in Gestalt des Pfarrers Malou. Sie hatte einen tiefen Abscheu, einen natürlichen Abscheu vor dem Laster und besonders vor dem Laster, das die Kirche Unzucht nennt. Schwangerschaften vor der Ehe brachten sie zur Verzweiflung, empörten sie derart, dass sie ganz außer sich geriet.

Es war gerade die Zeit, in der in der Umgegend von Paris die Rosenjungfrauen gekrönt wurden, und da kam Frau Husson auf die Idee, in Gisors auch eine Rosenjungfrau zu besitzen.

Sie teilte es dem Pfarrer Malou mit, der sofort eine Kandidatinnenliste aufstellte.

Aber Frau Housson wurde durch ein altes, Fränzchen genanntes, Dienstmädchen bedient, das ebenso unerträglich war wie ihre Herrin.

Sobald der Priester fort war, rief Frau Husson die Dienerin und sagte zu ihr:

– Hier, Fränzchen, ist die Liste der Mädchen, die mir der Pfarrer für den Tugendpreis vorgeschlagen hat. Jetzt suche mal 'rauszubekommen, was man von ihnen in der Gegend denkt.

Und Fränzchen machte sich auf den Weg. Sie sammelte allen Klatsch, alle Geschichten, jeden Verdacht, jede Niederträchtigkeit, und um nichts zu vergessen, schrieb sie das in ihr Küchenbuch mit den Ausgaben zusammen und gab es jeden Morgen Frau Husson, die nun, nachdem sie die Brille auf ihre scharfe Nase gesetzt, las:

Brot .... vier Sous

Milch .... zwei Sous

Butter .... acht Sous

Malwine Levesque hat voriges Jahr ein Techtelmechtel mit Mathurkn Poilu gehabt.

Kalbfleisch .... fünfundzwanzig Sous

Salz .... ein Sou

Rosalie Vatinel ist am 20. Juli in der Abenddämmerung von der Plättfrau, Frau Onésime, im Riboudetwäldchen mit Cäsar Piénoir getroffen worden.

Radieschen .... ein Sou

Essig .... zwei Sous

Sauerampfer .... zwei Sous

Josefine Durdent. Man soll nur nicht glauben, dass sie nichts gemacht hat, denn sie schreibt sich mit dem Sohn von Oportun, der in Rouen in Dienst ist und der ihr eine Haube durch die Post geschickt hat.

Keine einzige blieb nach dieser genauen Erkundigung makellos. Fränzchen befragte alle Welt, die Nachbarn, die Lieferanten, den Lehrer, die Nonnen in der Schule und las allen Klatsch zusammen.

Da es nun auf der ganzen Welt gar kein Mädchen gibt, über das die alten Weiber nicht getratscht hatten, fand sich denn auch im ganzen Lande nicht eine einzige, über die nicht geredet worden wäre.

Nun wollte aber Frau Husson, dass die Rosenjungfrau von Gisors, wie die Gattin des Cäsar, nicht einmal im Gerede gewesen sein dürfte, und war verzweifelt, niedergeschlagen, ganz erschrocken, angesichts des Küchenbuches ihrer Dienerin.

Nun wurde der Kreis für die Preisträgerin weiter gezogen bis zu den nächstliegenden Dörfern.

Aber man fand keine. Der Ortsvorstand wurde gefragt. Die, die er nannte, konnten ebenso wenig den Preis bekommen. Die Mädchen, die Dr. Barbesol namhaft machte, hatten auch kein Glück, trotz seiner wissenschaftlich erhärteten Urteile.

Da sagte eines Morgens Fränzchen, die vom Einkaufen heimkehrte:

– Sehen Sie, Frau Husson, wenn Sie jemand krönen wollen, gib'ts nur einen in der Gegend: Isidor.

Frau Husson überlegte. Sie kannte Isidor wohl, den Sohn der Obstfrau Virginie. Seine sprichwörtliche Jungfräulichkeit wurde seit mehreren Jahren schon in Gisors belacht und diente zu allerlei spaßigen Unterhaltungen und zum Amüsement der Mädchen, denen es Scherz machte, ihn zu necken. Er war fünfundzwanzig Jahr, groß, linkisch, langsam, furchtsam; er half der Mutter im Geschäft und putzte den ganzen Tag Früchte oder Gemüse auf einem Stuhl vor der Tür.

Er hatte vor Unterröcken eine krankhafte Angst, sodass er die Augen niederschlug, sobald ihn eine Käuferin lächelnd ansah. Und diese bekannte Befangenheit brachte es dahin, dass alle Witzbolde in der Gegend ihren Ulk mit ihm trieben.

Bei Zoten oder Anspielungen wurde er so schnell rot, dass ihn Dr. Barbesol »den Schamthermometer« genannt hatte. War er wissend oder war er es nicht? fragten sich die Nachbarn lachend. War es nur die einfache Scheu vor unbekannten schamvollen Ereignissen oder der Abscheu vor der hässlichen Berührung, die die Liebe erfordert, wodurch der Sohn der Obstfrau Virginie so bewegt schien? Die Straßenjungen liefen an der Bude vorbei und brüllten Schmutzereien, damit er die Augen niederschlagen sollte. Den Mädchen machte es Scherz, immer wieder vorüberzugehen und Dinge zu flüstern, die ihn ins Haus trieben. Die Frechsten provozierten ihn öffentlich, um zu lachen, sich zu unterhalten, proponierten ihm ein Stelldichein und kamen ihm in unglaublicher Weise entgegen.

Frau Husson überlegte also.

Isidor war allerdings von außergewöhnlicher, notorisch unerschütterlicher Tugend. Niemand, auch die größten Zweifler, die Ungläubigsten hätten es nicht gewagt, Isidor der leisesten Verletzung der Moral zu beschuldigen. Man hatte ihn auch nie im Wirtshaus gesehen, man traf ihn nie abends auf der Straße, um acht Uhr ging er zu Bett und stand um vier Uhr auf, – er war die Vollendung selbst, eine Perle.

Aber Frau Husson zögerte noch. Der Gedanke, statt einer Rosenjungfrau einen Rosenjüngling zu erwählen, kam ihr doch eigen vor, und sie beschloss, erst mal den Pfarrer Malou um Rat zu fragen.

Pfarrer Malou antwortete: – Frau Husson, was wollen Sie belohnen? Die Tugend, nichtwahr, nur die Tugend?

Es kommt also doch nicht darauf an, ob Mann oder Frau. Die Tugend ist etwas Allgemeines, die Tugend hat kein Vaterland und kein Geschlecht, sondern ist eben die Tugend.

Da er ihr so zuredete, ging Frau Husson zum Ortsvorstand.

Er war auch ganz der Ansicht. – Wir werden ein schönes Fest machen, – sagte er, – und wenn wir ein anderes Jahr ein Mädchen finden, das ebenso würdig wie Isidor ist, sprechen wir den Tugendpreis einem Mädchen zu. Wir geben damit sogar Nanterre ein gutes Beispiel. Wir wollen nicht so engherzig sein, sondern das Verdienst belohnen, wo es sich findet.

Isidor wurde es mitgeteilt. Er wurde puterrot und schien sehr zufrieden damit zu sein.

Die Krönung wurde also auf den fünfzehnten August, den Tag Maria Himmelfahrt und zugleich Geburtstag des Kaisers Napoleon festgesetzt.

Der Magistrat wollte die Feierlichkeit besonders erhebend gestalten und hatte eine Tribüne gebaut an der Verlängerung der alten Befestigung, wo wir nachher hingehen werden.

Durch einen natürlichen Umschwung der öffentlichen Meinung wurde Isidors Tugend, die bis dahin belacht worden war, plötzlich etwas sehr

Verehrungswürdiges und Beneidetes, seitdem sie ihm fünfhundert Franken einbringen sollte und außerdem ein Sparkassenbuch und einen ganzen Berg von Hochachtung und Ruhm. Jetzt bedauerten die Mädchen ihren Leichtsinn, ihr Lachen, ihr freies Benehmen. Und obgleich Isidor immer noch bescheiden und schüchtern blieb, so hatte er doch eine zufriedene Miene angenommen, aus der sein inneres Glück leuchtete.

Schon am Tage vor dem fünfzehnten August war die ganze Rue Dauphine mit Fahnen geschmückt. Ach, ich habe vergessen, Dir zu erzählen, weshalb die Straße Rue Dauphine genannt worden ist.

Es soll die Dauphine, also irgendeine Kronprinzessin, ich weiß nicht welche, einmal nach Gisors gekommen sein, und da hat ihr der Ortsvorstand einen so langen Empfang bereitet, dass sie mitten auf dem Triumphzug durch die Stadt vor einem der Häuser dieser Straße halten blieb und rief: – Ach, ist das Haus hübsch, das möchte ich gern mal ansehen. Wem gehört es denn? – Man nannte ihr den Namen des Besitzers, er wurde gesucht, gefunden und herbeigeführt, verlegen und doch glückselig vor der Prinzessin.

Sie stieg aus dem Wagen, ging in das Haus hinein, wollte es von oben bis unten kennenlernen und blieb sogar ein paar Augenblicke allein in einem Zimmer.

Als sie wieder heraustrat, brüllte das Volk, das durch die Ehre, die einem Bürger widerfahren, sich geschmeichelt fühlte: Es lebe die Dauphine! Aber ein Witzbold machte ein Lied an die Königliche Hoheit:

Das Prinzesschen sehr pressiert
Sich als Priester hier geriert.
Tauft die schöne Straße heut
Mit etwas Wasser, das – nicht geweiht.

Aber ich komme auf Isidor zurück. Längs des ganzen Weges hatte man Blumen gestreut wie bei einer Prozession. Die Nationalgarde war ausgerückt unter Befehl des Hauptmann Desbarres, eines alten Soldaten der großen Armee, der stolz neben dem Kreuz der Ehrenlegion, das ihm der Kaiser selbst überreicht, zu Hause unter Glas und Rahmen einen Kosakenbart aufbewahrte, den er mit einem Säbelhieb vom Kinn seines Trägers im russischen Feldzug abgehauen.

Die Truppe, die er befehligte, war übrigens in der ganzen Provinz berühmt, und die Kompanie von Gisors wurde auf fünfundzwanzig bis dreißig Meilen in der Runde zu allen großen Festen herangezogen. Man erzählt, dass König Louis Philipp, als er eine Parade abhielt über die Milizen des

Departements Eure ganz erstaunt vor der Kompanie von Gisors stehen geblieben wäre und ausgerufen hätte: – Wo sind denn diese schönen Grenadiere her!

– Das sind die von Gisors, – antwortete der General.

– Das hätte ich mir denken können, – murmelte der König.

Hauptmann Desbarres kam also mit seinen Leuten, die Musik voran, um Isidor aus dem Laden seiner Mutter abzuholen.

Nachdem unter den Fenstern ein Marsch gespielt worden, erschien der Tugendjüngling selbst auf der Schwelle.

Er war von Kopf bis zu Fuß in weißes Leinen gekleidet und trug einen Strohhut mit einem Bouquet von Orangenblüten gewissermaßen als Kokarde.

Die Frage, wie er gekleidet gehen sollte, hatte Frau Husson viel Kopfzerbrechen gemacht. Sie hatte lange geschwankt zwischen dem schwarzen Anzug der Kommunikanten und einem ganz weißen Gewand. Aber Fränzchen, die sie beriet, war für den weißen Anzug, indem sie sinnig bemerkte, der Rosenjüngling würde dann wie ein Schwan aussehen.

Hinter ihm erschien seine Gönnerin, seine Patin, Frau Husson, mit triumphierender Miene. Sie nahm seinen Arm, um hinauszutreten, und der Ortsvorsteher stellte sich dann rechts neben den Rosenjüngling. Trommelwirbel klang, Hauptmann Desbarres kommandierte: Achtung! Präsentiert das Gewehr! Der Zug setzte sich in Bewegung zur Kirche unter riesigem Zusammenlauf des Volkes, das von allen Nachbargemeinden zusammengeströmt war.

Nach einer kurzen Messe und einer rührenden Ansprache des Pfarrers Malou kehrten sie zu den Festungswerken zurück, wo unter einem Zelt ein Mahl bereitstand.

Ehe sie sich zu Tisch setzten, ergriff der Ortsvorsteher das Wort. Ich sage Dir, ich kann die Rede wörtlich wiederholen, ich habe sie auswendig gelernt, denn sie ist zu schön:

»Junger Mann! Eine treffliche Frau, die von den Armen geliebt und von den Reichen geehrt wird, Frau Husson, der das ganze Land hier dankt durch meinen Mund, ist auf den Gedanken gekommen, auf den glücklichen wohltätigen Gedanken, in dieser Stadt einen Tugendpreis zu stiften, der ein köstlicher Ansporn sein soll allen Bewohnern dieser wunderschönen Gegend.

Sie, junger Mann, sind der erste Inhaber dieses Tugendpreises, der erste dieser Dynastie der Braven und Keuschen, dem die Krone zufiel. Ihr Name wird für immer an der Spitze der Liste dieser Wackeren stehen, und nun muss Ihr ganzes Leben, verstehen Sie wohl, Ihr ganzes Leben diesem glücklichen Anfang auch entsprechen. Sie gehen heute, angesichts dieser edlen Dame, die Ihr Wohlverhalten belohnt, angesichts dieser Bürgertruppe, die Ihnen zu Ehren unter Waffen steht, angesichts dieser tiefbewegten Versammlung, die sich zusammengefunden hat, um Ihnen Beifall zuzurufen oder vielmehr in Ihnen die Tugend zu begrüßen, einen feierlichen Bund ein mit der Stadt, mit uns allen, bis zu Ihrem Tode weiter das ausgezeichnete Beispiel zu geben, das Sie in Ihrer Jugend gegeben.

Vergessen Sie das nicht, junger Mann! Sie sind das erste Samenkorn, das in dieses Feld der Hoffnung gestreut wird, geben Sie uns die Früchte, die wir von Ihnen erwarten.«

Der Ortsvorsteher machte drei Schritte, öffnete die Arme und drückte den schluchzenden Isidor an sein Herz.

Der Rosenjüngling weinte, ohne zu wissen, warum, in unbewusster Rührung, voll Stolz, voll glücklicher unbestimmter Weichheit.

Dann gab ihm der Ortsvorstand eine seidene Börse in die Hand, in der Gold klimperte, fünfhundert Franken in Gold, und in die andere Hand gab er ihm ein Sparkassenbuch. Und dann sagte er zu ihm mit feierlicher Stimme: Heil, Glück, Segen der Tugend!

Hauptmann Desbarres heulte: Bravo! Die Grenadiere brüllten, das Volk klatschte.

Frau Husson wischte sich die Augen.

Dann setzte man sich an den Tisch, auf dem das Diner serviert wurde.

Es war unendlich lang und prachtvoll. Eine Schüssel folgte der anderen, der gelbe Apfelwein und der rote Beerenwein verbrüderten sich in den Gläsern und mischten sich im Magen. Tellerklappern, Stimmengewirr, die Musik, die da spielte, gaben ein ununterbrochenes Rauschen ab, stiegen in die klare Luft hinauf, in der Lerchen flogen. Frau Husson rückte ab und zu ihre schwarzseidene Perücke zurecht, die auf ein Ohr gerutscht war, und unterhielt sich mit dem Pfarrer Malou. Der Ortsvorstand war in Stimmung geraten und sprach mit Hauptmann Desbarres über Politik Und Isidor aß, Isidor trank, wie er noch nie getrunken und gegessen hatte. Er nahm von allen Gerichten mehrfach und fand zum ersten Mal, dass es doch ganz schön ist, wenn man sich den Bauch mit solchen guten Sachen vollschlagen kann, die einem zuerst wohlgetan, als sie durch den Mund spazierten.

Geschickt hatte er die Hosenschnalle geöffnet, die ihm wehtat beim An-
schwellen seines Bäuchleins, und schweigend, aber doch etwas verlegen
wegen eines Weinfleckes auf dem weißen Rock, hörte er auf zu kauen, um
sein Glas an den Mund zu führen und so lange wie möglich daran zu behalten, denn er schlürfte langsam.

Die Zeit der Trinksprüche war gekommen. Sie waren unzählbar und wurden lebhaft beklatscht. Der Abend brach herein, seit Mittag saß man bei
Tisch, schon senkten sich milchweiße Dünste auf das Tal nieder, das leichte
Nachtkleid der Bäche und Wiesen. Die Sonne war bis zum Horizont hinab-
gestiegen, die Kühe brüllten in der Ferne im Nebeldunst der Weide. Es war
zu Ende, man kehrte nach Gisors zurück. Der Zug hatte sich jetzt aufgelöst
und schritt in Unordnung. Frau Husson hatte Isidors Arm genommen und
gab ihm eine Menge ausgezeichneter dringender Ratschläge.

Sie blieb am Haus der Obstfrau stehen, und der Rosenjüngling wurde bei
seiner Mutter gelassen.

Sie war noch nicht heimgekehrt. Sie war von ihrer Familie eingeladen
worden, gleichfalls den Triumph ihres Sohnes zu feiern, und hatte bei ihrer
Schwester gegessen, nachdem sie dem Zug bis zum Bankettzelt gefolgt
war.

Isidor blieb also allein im dunklen Laden.

Er setzte sich auf einen Stuhl. Der Wein und der Stolz erregten ihn, und er
blickte sich um.

Die Möhren, der Kohl, die Zwiebeln strömten in dem geschlossenen Raum
ihren Gemüseduft aus, ihren starken, kräftigen Gartengeruch, in den sich
leicht und durchdringend Erdbeerduft mischte und das leichte, flüchtige
Aroma eines Korbes voll Pfirsiche.

Der Rosenjüngling nahm eine und aß sie, obgleich sein Bauch rund war
wie ein Kürbis. Plötzlich packte ihn ein Freudenanfall, und er begann zu
tanzen, wobei etwas in seinem Rock klimperte. Er war erstaunt, steckte die
Hände in die Taschen und zog den Geldbeutel mit den fünfhundert Franken heraus, den er in der Trunkenheit ganz vergessen. Fünfhundert Franken, ein ganzes Vermögen! Er schüttete die Goldstücke auf den Ladentisch,
breitete sie zärtlich streichelnd mit der großen offenen Hand langsam aus,
um sie gut zu sehen. Fünfundzwanzig waren es, fünfundzwanzig runde
Geldstücke, alle Gold. Sie glitzerten auf dem Holz in der tiefen Dunkelheit,
und er zählte sie und zählte sie noch einmal, tippte mit dem Finger auf
jedes einzelne: eins, zwei, drei, vier, fünf, – hundert; sechs, sieben, acht,

neun, zehn, – zweihundert ... Dann steckte er sie wieder in den Geldbeutel, den er in die Tasche versenkte.

Wer wird je den furchtbaren Kampf enträtseln können zwischen dem Guten und dem Bösen in der Seele des Rosenjünglings, den wilden Angriff des Teufels, seine Winkelzüge, seine Versuchungen, die er in dieses schüchterne, jungfräuliche Herz warf? Welche Bilder, welche Träume erfand der Satan, um diesen Auserwählten zu packen und zu verderben? Der Auserwählte der Frau Husson nahm seinen Hut, seinen Hut, an dem noch das kleine Orangeblütensträußchen steckte, und ging auf die Straße hinter dem Haus und verschwand in der Nacht

Als der Obstfrau Virginie gesagt worden, dass ihr Sohn heimgekommen, kehrte sie fast augenblicklich heim und fand das Haus leer. Sie wartete, ohne zuerst weiter erstaunt zu sein; dann nach einer Viertelstunde erkundigte sie sich. Die Nachbarn in der Rue Dauphine hatten Isidor nach Haus kommen, aber ihn nicht wieder fortgehen sehen. Er wurde also gesucht, man fand ihn nicht. Die Obstfrau wurde ängstlich, lief zum Ortsvorsteher, der wusste von nichts, als dass sie den Rosenjüngling bis zur Tür gebracht. Frau Husson war schon zu Bett gegangen, als man ihr mitteilte, dass ihr Schützling verschwunden sei. Sie setzte sofort wieder ihre Perücke auf, erhob sich und ging selbst zu Virginie. Virginie, deren einfache Seele schnellen Gemütsbewegungen zugänglich war, saß heulend unter ihrem Kohl, ihren Möhren und Zwiebeln.

Man fürchtete, dass ein Unglück geschehen sei. Was? Hauptmann Desbarres benachrichtigte die Gendarmerie, die die Stadt absuchte, und auf der Straße nach Pontoise fand man den kleinen Orangeblütenstrauß. Er wurde mitten auf den Tisch gelegt, um den herum die Honoratioren saßen und berieten. Der Rosenjüngling musste irgendeinem Neid, einer List zum Opfer gefallen sein. Aber wie? Welche Mittel mochte man angewendet haben, um den Unschuldigen zu entführen, und zu welchem Zweck?

Die Honoratioren waren es müde, noch länger vergeblich zu suchen, und gingen zu Bett. Nur Virginie blieb weinend wach.

Da erfuhr Gisors mit Entsetzen, als am nächsten Abend der Postwagen von Paris zurückkehrte, dass der Rosenjüngling den Wagen zweihundert Meter vom Ort angerufen hatte, eingestiegen war, seinen Platz mit einem Goldstück bezahlt hatte, auf das er sich hatte herausgeben lassen, und dass er dann ganz ruhig mitten in der großen Stadt ausgestiegen sei.

Die Aufregung im Lande wuchs. Briefe wurden zwischen dem Ortsvorsteher und dem Pariser Polizeichef gewechselt, aber ohne Erfolg.

Ein Tag verstrich nach dem anderen, die Woche ging vorüber.

Da bemerkte Dr. Barbesol, der zeitig ausgegangen war, auf der Schwelle einer Tür einen Mann in einem grauen Leinwandanzug, der den Kopf an die Wand lehnte und schlief. Er näherte sich ihm und erkannte Isidor.

Er wollte ihn wecken, aber es gelang nicht. Der Ex-Tugendbold schlief einen tiefen, unwiderstehlichen, beunruhigenden Schlaf, und der erstaunte Arzt rief Hilfe, um den jungen Mann zur Apotheke zu bringen. Als man ihn fortbrachte, fand man eine leere Flasche bei ihm. Der Doktor roch daran und erklärte, sie habe Schnaps enthalten. Das war ein Fingerzeig, um zu wissen, wie man ihn zu behandeln hatte. Es gelang. Isidor war betrunken, betrunken und ganz runtergekommen durch acht Tage Trunkenheit, dreckig und besoffen, dass ihn kein Kloakenräumer hätte anfassen mögen. Sein schöner Anzug aus weißer Leinwand war zu graugelblichen, fettigen, stinkigen, widerlichen Lappen geworden, und der ganze Mensch roch nach Rinnstein, Kloake und Laster.

Er wurde gewaschen, man hielt ihm eine Standrede, dann wurde er eingesperrt, und vier Tage ging er nicht aus. Er schien sich zu schämen und reuig zu sein. Man hatte bei ihm weder den Geldbeutel mit den fünfhundert Franken gefunden, noch das Sparkassenbuch, noch seine silberne Uhr, ein heiliges Erbstück seines Vaters, des Obsthändlers.

Am fünften Tage wagte er sich auf die Rue Dauphine. Neugierige Blicke folgten ihm, und er ging längs der Häuser, den Kopf gesenkt, und wagte niemand anzublicken. Er verlor sich in das Tal hinab, aber zwei Stunden später erschien er wieder, lachend und an den Mauern entlangtaumelnd. Er war betrunken, total betrunken.

Es war nicht möglich, ihn zu heilen.

Seine Mutter warf ihn hinaus. Er wurde Fuhrknecht und fuhr Kohlenwagen für die Firma Pougrisel, die heute noch existiert.

Sein Ruf als Trunkenbold ward so groß, dass man sogar in Evreux vom Rosenjüngling der Frau Husson sprach, und allen Säufern der Gegend hängt man jetzt den Namen an.

Jede Wohltat trägt Zinsen ....

Doktor Marambot rieb sich die Hände, nachdem er seine Geschichte beendet. Ich fragte:

– Hast Du denn den Rosenjüngling gekannt?

– Ja, ich habe die Ehre gehabt, ihm die Augen zuzudrücken.

– Woran ist er denn gestorben?

– An Delirium tremens natürlich.

Wir waren an die alten Festungswerke gekommen, ein Haufen ruinenartiger Mauern, über die sich der gewaltige Turm St. Thomas von Canterbury und der sogenannte Turm des Gefangenen erhebt.

Marambot erzählte mir die Geschichte dieses Gefangenen, der mithilfe eines Nagels die Mauern seines Verließes mit Skulpturen bedeckte. Dann erfuhr ich, dass Clothar II. seinem Vetter, dem heiligen Romanus, Erzbischof von Rouen, das Patrimonium von Gisors übertragen hatte, dass Gisors dann nach dem Vertrag von Saint-Clair-sur-Epte nicht mehr die Hauptstadt des Vexin geblieben, dass die Stadt der wichtigste strategische Punkt dieses ganzen Teiles von Frankreich sei und dass sie infolge dieses Vorteils unzählige Male erobert und wieder erobert wurde. Auf Befehl Wilhelm des Roten baute der berühmte Festungsbaumeister Robert von Bellesme dort eine gewaltige Festung, die später durch Ludwig den Dicken und dann durch die normannischen Raubritter belagert, durch Robert von Candos verteidigt und endlich durch Gottfried Plantagenet Ludwig dem Dicken überlassen wurde, zuletzt durch Verrat der Tempelritter abermals von den Engländern eingenommen ward, dass Philipp August und Richard Löwenherz sich darum stritten, Eduard III. von England, der das Schloss nicht erstürmen konnte, es einäscherte, 1419 die Engländer Gisors abermals eroberten, dann Richard von Marbury es Karl VII. zurückgab, der Herzog von Calabre es eroberte, die Liga es einnahm, Heinrich IV. dort wohnte und so weiter, und so weiter.

Und Marambot sagte überzeugt, fast beredt geworden:

– Diese Engländer, solche Lumpen! Und alle besaufen sie sich, alle sind sie Rosenjünglinge, diese alten Heuchler!

Dann nach einer Pause deutete er mit dem Arm auf den schmalen Bachlauf, der auf der Wiese glänzte:

– Wusstest Du, dass Heinrich Monnier einer der eifrigsten Angler an der ganzen Epte war?

– Nein, das habe ich nicht gewusst.

– Und Bouffé, mein Lieber, Bouffé ist hier Glasmaler gewesen.

– Nein wirklich?

– Ja, ja, gewiss. Aber dass Du so was nicht weißt!

Mondschein

Abbé Marignan trug seinen Schlachtennamen[1] mit Recht. Er war ein großer, hagerer, fanatischer Priester, etwas überspannt, aber grundehrlich. Sein Glaube stand felsenfest. Nie kam ihm ein Zweifel. Er meinte seinen Gott genau zu kennen, seine Wege, seinen Willen, seine Absichten.

Wenn er mit großen Schritten in der Allee seines kleinen Pfarrgartens auf und niederging, stieß ihm manchmal die Frage auf: »Warum hat Gott das gemacht?« Dann suchte er beharrlich, indem er sich in Gedanken an Gottes Stelle versetzte, und fand fast immer eine Antwort. Er war nicht der Mann, in frommer Demut zu sagen: »Herr, deine Wege sind unerforschlich!« Nein, er meinte: »Ich bin Gottes Diener! Daher muss ich die Gründe seiner Handlungen kennen und wenn ich sie nicht kenne, muss ich sie erraten.«

Ihm erschien alles in der Natur mit bewundernswerter, strenger Logik geschaffen. Das ›Warum‹ und das ›Darum‹ hielt sich immer die Waage. Das Morgenrot war geschaffen zu einem fröhlichen Erwachen, der Tag zum Reifen der Ernte, der Regen, sie zu begießen, die Abende, in den Schlaf hinüberzuleiten und die dunkle Nacht zur Ruhe.

Die vier Jahreszeiten entsprachen völlig allen Bedürfnissen der Landwirtschaft, und der Gedanke wäre dem Priester niemals gekommen, dass die Natur keine Absichten hat und alles, was lebt, sich im Gegenteil der harten Notwendigkeit der Zeiten, des Klimas und der Materie beugt.

Aber er hasste die Frauen, er hasste sie unbewusst und er verachtete sie aus Instinkt. Oft wiederholte er Christi Worte: »Weib, was habe ich mit Dir zu schaffen!« Und er fügte hinzu: »Man sollte meinen, dass Gott selbst mit seinem Werke unzufrieden gewesen.«

Das Weib war für ihn zwölf Mal unrein, wie der Dichter sagt. Sie war die Versucherin, die den ersten Mann verführt und ihr verfluchtes Handwerk noch immer trieb; ein schwaches, gefährliches und geheimnisvoll aufregendes Wesen. Und mehr noch als ihren verderbenden Leib hasste er ihre liebende Seele.

Oft hatte er ihre Zärtlichkeit gefühlt und obgleich er unnahbar war, so setzte ihn doch dieses nimmer ruhende Bedürfnis nach Liebe in Verzweiflung.

---

[1] Marignano, heute Melegnano in der Lombardei. Sieg der Franzosen über die Schweizer 1515 und über die Österreicher 1859. (Anm. d. Übers.)

Nach seiner Ansicht hatte Gott die Frau nur geschaffen, den Mann zu versuchen und zu prüfen. Man durfte sich ihr nur mit größter Vorsicht nahen immer vor einer Falle auf der Hut. Und waren nicht in der Tat die ausgebreiteten Arme, der zum Küssen geöffnete Mund eine Falle für jeden Mann?

Duldsam war der Abbé nur gegen Nonnen, die ihr Gelübde unnahbar gemacht. Und dennoch behandelte er sie mit Härte, weil er immer im Grunde ihres eingekerkerten, demütigen Herzens noch diese ewige Zärtlichkeit ahnte, die sogar bis zu ihm drang, wenn er auch Priester war. Er fühlte sie in ihren Augen, die feuchter in Frömmigkeit glänzten als die der Mönche, in ihrer religiösen Verzückung, in die sich ihr Geschlecht mischte, in ihrer Liebe zu Christus, die ihn empörte, weil sie Weibesliebe, Fleischesliebe war. Er fühlte diese verfluchte Zärtlichkeit sogar in ihrem Gehorsam, er hörte sie süß aus ihren Stimmen, wenn sie mit ihm sprachen, er las sie in ihren zu Boden geschlagenen Augen und in ihren schicksalsergebenen Tränen, wenn er sie hart zurechtwies.

Und wenn er das Kloster verließ, schüttelte er sein Priestergewand und ging mit langen Schritten davon, als ob er einer Gefahr entronnen wäre.

Er hatte eine Nichte, die mit ihrer Mutter in einem kleinen Hause der Nachbarschaft lebte. Und er gab sich alle Mühe, aus ihr eine Ordensschwester zu machen.

Sie war hübsch, ein wenig leichtsinnig und spottsüchtig. Wenn der Abbé ihr eine scharfe Predigt hielt, so lachte sie, und wenn er böse gegen sie ward, umarmte sie ihn heftig und drückte ihn ans Herz, während er verzweifelt versuchte, sich aus der Umarmung zu befreien, die ihm doch leise Wonne ins Herz goss, da sie in seinem Herzen das väterliche Gefühl erweckte, das in jedem Manne schläft.

Oft sprach er ihr von Gott, von seinem Gott, wenn er an ihrer Seite durch die Felder schritt. Sie hörte ihm kaum zu, betrachtete den Himmel, die Wiese, die Blumen, mit einer Lust zu leben, die aus ihrem Auge leuchtete. Ab und zu lief sie davon, um einen Schmetterling zu haschen, und wenn sie ihn brachte, rief sie: »Sieh doch, Onkel, wie hübsch er ist! Ich möchte ihn küssen!« Dieses Bedürfnis, die kleinen Schmetterlinge oder irgendeine bunte Blüte zu küssen, erregte und empörte den Priester, der darin immer diese unausrottbare Zärtlichkeit wieder fand, die in jedem Frauenherzen schlummert.

Da teilte ihm plötzlich die Frau des Sakristans, die dem Abbé Marignan die Wirtschaft führte, vorsichtig mit, seine Nichte hätte einen Geliebten. Das regte ihn fürchterlich auf, und er blieb vor Schrecken stehen, wie er war, mit eingeseiftem Gesicht, denn er rasierte sich gerade.

Sobald er soviel Fassung wiedergewonnen, dass er nachdenken und sprechen konnte, rief er:

– Das ist nicht wahr, Melanie! Sie sagen die Unwahrheit.

Aber die Bäuerin legte die Hand aufs Herz:

– Unser Herr Gott soll mich strafen, wenn ich lüge, Herr Pfarrer. Ich sage Ihnen, jeden Abend läuft sie hin, wenn Ihre Schwester zu Bett gegangen ist. Sie treffen sich am Flusse. Sie brauchen nur mal hinzugehen zwischen zehne und Mitternacht.

Da hörte er mit Rasieren auf und lief heftig hin und her, wie er es immer tat, wenn er ernst nachdachte. Und als er wieder anfing, sich den Bart zu kratzen, schnitt er sich dreimal von der Nase bis ans Ohr.

Den ganzen Tag über redete er vor Empörung und Zorn kein Wort. Zur Wut des Priesters über die unbesiegbare Liebe kam noch die Verzweiflung des Pflegevaters und Vormundes, des Seelenhirten, der sich betrogen, bestohlen und hintergangen fühlte von seinem Kinde, jene egoistische Beklemmung der Eltern, denen die Tochter anzeigt, dass sie sich, ohne sie zu fragen und gegen ihren Willen, selbst einen Mann gewählt.

Nach seinem Essen versuchte er ein wenig zu lesen, aber er konnte es nicht. Er wurde immer verzweifelter, und als es zehn Uhr schlug, nahm er seinen Stock, einen mächtigen Eichenknüttel, dessen er sich bei seinen nächtlichen Gängen zu bedienen pflegte, wenn er einen Kranken besuchte. Und der dicke Knotenstock, den er in seiner kräftigen Bauernfaust herumwirbelte, schien ihn anzulachen. Da hob er ihn plötzlich und ließ ihn zähneknirschend auf einen Stuhl niederfallen, dessen Lehne zerbrochen zu Boden fiel.

Er öffnete die Türe, um zu gehen. Aber auf der Schwelle blieb er gebannt stehen. Er war ganz überrascht über den Mondenschein, der so hell leuchtete wie fast niemals. Und da er schwärmerischen Sinnes war, schwärmerisch wie wohl einst die Kirchenväter, diese träumenden Dichter, so zerstreute ihn das plötzlich und die großartige klare Schönheit der fahlen Nacht bewegte ihn sehr.

Sein Garten war lichtüberflutet. Die Reihe der Obstbäume warf einen schmalen Schatten auf die Allee, während große Geisblattpflanzen, die sich an der Mauer seines Hauses emporrankten, süße Düfte ausströmten und in den milden hellen Abend etwas aushauchten wie eine Seele. Er atmete lang und tief und sog die Luft ein wie der Trinker den Wein. Dann ging er mit langsamen Schritten beglückt und verzückt dahin und hatte beinahe seine Nichte vergessen.

Sobald er aus dem Dorfe war, blieb er stehen, um die Landschaft zu betrachten, die von dem weichen Lichte übergossen war und ganz eingetaucht in den süßen schmachtenden Reiz dieser stillen Nacht. Ab und zu klang das kurze metallische Quaken der Frösche, und in der Ferne sangen die Nachtigallen, deren leichte zitternde Musik einen träumen lässt und die Gedanken verlöscht, einen zur Liebe stimmt und zum Schwärmen im Mondenschein.

Der Abbé setzte sich wieder in Gang und sein Herz wurde schwach. Er wusste nicht warum. Er fühlte sich plötzlich wie müde, wie ermattet. Er hatte Luft sich niederzusetzen, hier zu bleiben, zu betrachten und Gott zu bewundern in seiner Schöpfung.

In der Ferne zog sich schlängelnd, den Biegungen des kleinen Flüsschens folgend, eine lange Pappelreihe hin. Feiner Dunst, wie weißer Dampf, den die Mondenstrahlen durchbrachen, lag silbrig leuchtend über den Ufern und bedeckte den gewundenen Lauf des Wässerchens wie mit leichter durchsichtiger Watte.

Der Priester blieb wieder stehen. Die Bewegung seiner Seele wuchs und bedrängte ihn.

Ein Zweifel, eine unbestimmte Unruhe bemächtigte sich seiner. Er fühlte in sich eine jener Fragen aufsteigen, die er sich oftmals stellte:

»Warum hatte Gott das gemacht?« Da doch die Nacht für den Schlaf bestimmt ist, wo das Nachdenken aufhört, wo man ruhen soll und alles vergessen! Warum hatte er sie reizender gemacht als den Tag? Süßer als das Morgenrot und den Abend? Warum leuchtete dieses langsam dahinwandelnde lockende Gestirn dort oben, das poetischer ist als die Sonne und bestimmt scheint, mit seinem milden Scheine Dinge zu bestrahlen, die zu zart und wundersam sind für das helle Licht des Tages, warum leuchtete das durch die Nebel?

Warum ruhte der kunstvollste Sänger der Vogelwelt sich nicht aus wie die anderen? Warum sang er die Nacht hindurch in der verwirrenden Dämmerung?

Warum lag dieser Schleier über der Erde? Warum bewegten diese Schauer sein Herz? Warum griff es ihm in die Seele? Warum ward sein Körper matt?

Wozu all diese Schönheit und Verführung, die die Menschen doch nicht sahen, da sie schliefen? Wem war dieses Wunderschauspiel bestimmt? Dieser Überfluss an Poesie, die der Himmel auf die Erde senkte?

Der Abbé begriff es nicht.

Aber da erschienen drüben am Wiesenrande unter dem Blätterdach der in Dunst getauchten Bäume zwei Schatten, Seite an Seite.

Der Mann war größer und hielt die Geliebte umschlungen. Ab und zu küsste er sie auf die Stirn. Und sie belebten plötzlich diese unbewegte Landschaft, die sie wie ein göttlicher Rahmen umgab, eigens für sie gemacht. Beide schienen eins, ein Wesen, für das diese stille schweigende Nacht bestimmt war. Und sie kamen auf den Abbé zu wie eine lebendige Antwort, wie die Antwort, die der Herr auf seine Frage gab.

Der Priester blieb stehen, mit klopfendem Herzen, ganz verwirrt. Er meinte, ein biblisches Bild zu sehen, wie die Liebe von Ruth und Boas, die Erfüllung des göttlichen Willens, in einem der Vorbilder, von denen die Heilige Schrift erzählt. Und in seinem Kopfe summten die Verse des Hohen Liedes, der Liebeszwiegesang, die versengende Poesie dieses glühenden Buches der Liebe.

Und er sagte sich: »Vielleicht hat Gott solche Nächte geschaffen, um die Liebe der Menschen in einen Zauberschleier zu hüllen.«

Er wich vor diesem Paar zurück, das immer noch eng umschlungen dahin ging. Und doch war es seine Nichte. Aber jetzt fragte er sich, ob er nicht im Begriff sei gegen Gottes Willen zu handeln? Erlaubte denn Gott nicht die Liebe, da er sie augenscheinlich mit solcher Herrlichkeit umgab?

Und er floh erschrocken davon. Er schämte sich fast, als ob er in einen Tempel eingedrungen, den er nicht das Recht hatte zu betreten.

Schnaps-Anton

I

Auf zehn Meilen in der Runde kannte man ihn, den alten Toni, den dicken Toni, den feinen Toni, Anton Mâcheblé, genannt Brûlot, den Gastwirt von Tournevent.

Er hatte den kleinen Ort berühmt gemacht, der in einer Bodensenkung des Thales lag, das sich zum Meer herabzog, ein armseliges Dorf, nur aus zehn normannischen Häusern bestehend, von Gräben und Bäumen umhegt.

Die Häuser lagen da, mitten in Gras und Ginster, an einem Talknick, der dem Ort den Namen Tournevent eingetragen hatte. Es war, als hätten sie in dem Loch Schutz gesucht, wie Vögel, die sich an Sturmtagen in Ackerfurchen verstecken, Schutz gesucht gegen den gewaltigen Orkan, der vom Meer herabbläst, gegen den salzigen, schweren Wind, der frisst und brennt wie Feuer, austrocknet und alles vernichtet, wie der Frost im Winter.

Aber das ganze kleine Nest schien dem Toni Mâcheblé, genannt Brûlot, allein zu gehören. Man nannte ihn auch einfach Toni oder der feine Toni, wegen einer Redewendung, die er unausgesetzt im Munde führte:

– So was wie meinen Feinen gibt's in ganz Frankreich nicht wieder.

Sein ‚Feiner' war nämlich sein Cognac.

Seit zwanzig Jahren tränkte er das Land mit seinem Feinen und seinem Brûlot: denn jedes Mal, wenn man ihn fragte: - Na geht's gut, Vater Toni?

Antwortete er:

– Unbedingt ein Brûlot, Schwiegersohn, putzt den Rachen und macht den Kopp rein. Was Besseres gibt's nicht für den elenden Leichnam.

Er hatte sich angewöhnt, jeden Menschen »Schwiegersohn« zu nennen, obgleich er niemals eine verheiratete Tochter gehabt oder eine, die er hätte verheiraten können.

Oh, man kannte ihn wohl, den Toni Brûlot, den Dickwanst, in der ganzen Gegend, sogar in der ganzen Provinz. Sein kleines Haus schien wirklich zu eng und zu niedrig, um ihn zu beherbergen. Wenn man ihn in der Tür stehen sah, wo er den ganzen Tag stand, fragte man sich, wie er es fertigbrächte, wieder hereinzukommen. Jedes Mal ging er hinein, wenn ein Gast kam. Denn der feine Toni ward immer, wenn jemand bei ihm etwas genoss, mit eingeladen.

Das Schild seines Hauses lautete: ›Rendezvous der Freunde‹ und Toni war mit aller Welt befreundet. Aus Fecamp und Montivilliers kamen die Leute, ihn zu sehen und über ihn zu lachen, denn der dicke Kerl hätte ein steinernes Grabmal zum Lachen gebracht. Er hatte eine Manier, die Leute aufzuziehen, ohne dass sie böse wurden, ein Auge zuzukneifen, um Sachen anzudeuten, die er gar nicht sagte, und sich bei seinen Heiterkeitsausbrüchen aufs Bein zu schlagen, dass einem das Lachen ankam, ob man nun wollte oder nicht. Und dann war es wirklich um Entree zu zahlen, den Kerl saufen zu sehen. Er soff, was man ihm vorsetzte und alles mit glückstrahlendem Blick, einem Blick, der sein doppeltes Wohlsein bezeugte, einmal etwas zu sich zu nehmen und dann den Verdienst zu haben von dem, was er selber trank.

Und dann musste man nur einmal hören, wenn er sich mit seiner Frau zankte. Das war die reine Komödie. Seit dreißig Jahren waren sie verheiratet, und jeden Tag gab es Krakeel. Der Unterschied lag nur darin, dass Toni lachte, während seine Alte vor Ärger grün wurde. Sie war ein großes Bauernweib, das mit langen Stelzschritten ging; auf ihrem mageren platten Körper saß ein Kopf wie der einer Katze, wenn's donnert. Sie beschäftigte sich damit, in einem kleinen Hof, der hinter der Schenke lag, Hühner zu ziehen, und war berühmt für die Art und Weise, wie sie das Geflügel zu mästen verstand.

Wenn es bei gut situierten Leuten in Fécamp ein Diner gab, schien eines der Produkte der Zucht Mutter Tonis unentbehrlich.

Aber sie war von Geburt schlechter Laune und ihr ganzes Leben hindurch unzufrieden gewesen. Sie ärgerte sich über alle Welt, vor allen Dingen über ihren Mann. Sie war wütend über seine Fröhlichkeit, über seinen Ruf, seine Gesundheit und seine Dicke. Sie behandelte ihn wie einen Nichtsnutz, weil er Geld verdiente, ohne irgendetwas zu tun, weil er aß und trank wie ein Vielfraß, weil er fraß und soff für zehn. Und kein Tag ging vorüber, ohne dass sie empört gerufen hätte:

– So ein dickes Luder sollte lieber im Stall liegen bei den Schweinen! Es wird einem ja schlecht, so fett bist Du.

Sie brüllte ihm ins Gesicht:

– Pass mal auf, Pass mal auf, Du platzt noch wie ein Sack Hafer.

Toni lachte dröhnend, schlug sich auf den Bauch und rief:

– Ho! Ho! Du altes Plättbrett. Sieh nur zu, dass Deine Hühner so fett werden wie ich. Sieh nur zu!

Er krempelte den Hemdärmel auf seinem Riesenarm auf und schrie:

– Das ist ein Trommelstock! Sieh mal her, was?

Und die Gäste schlugen mit der Faust auf den Tisch, wälzten sich vor Freude, trampelten auf den Boden und spuckten vor übergroßer Heiterkeit.

Die empörte Alte rief:

– Pass nur mal auf, Pass nur mal auf, wenn Dir's passiert. Du platzt wie ein Sack!

Und wütend lief sie unter dem Gelächter der Trinker davon.

Allerdings war Toni seltsam anzusehen, so fett und dick und rot und kurzatmig war er geworden. Er war einer jener Kolosse, über die der Tod sich lustig zu machen scheint mit allerlei Hinterlist, Heiterkeit und Niedertracht, indem er seine langsam zerstörende Arbeit unendlich komisch gestaltet. Statt sich wie bei anderen durch Weißwerden, durch Magerkeit, durch Runzeln, durch wachsende Schwäche anzukündigen, sodass man sagen kann: ›Herr Gott, hat der sich verändert!‹ war es, als ob es dem Tode im Gegenteil Spaß machte, den Kerl immer fetter werden zu lassen, zu einem komischen Monstrum, ihn rot und blau anzumalen und ihm den Anschein übermenschlicher Gesundheit zu verleihen. Alles das, womit er andere Wesen traurig entstellt, ward bei ihm lächerlich, unterhaltend und spaßhaft.

II

Da begab es sich, dass Toni einen Schlaganfall bekam. Man legte den Koloss in das kleine Hinterzimmer hinter der Schenke, damit er alles hören könnte, was man daneben sprach, und sich mit seinen Freunden unterhalten; denn sein Kopf war frei, nur sein Leib, sein Riesenleib war gelähmt, sodass er ihn nicht bewegen und nicht aufrichten konnte. Zuerst hoffte man, dass die dicken Beine wieder Kraft bekommen würden, aber bald musste man die Hoffnung schwinden lassen. Und der ›feine Toni‹ brachte Tag und Nacht im Bett zu, das nur einmal wöchentlich gemacht wurde mit Hilfe von vier Nachbarn, die, während man den Strohsack umwendete, den Fettwanst in die Höhe hielten.

Und doch blieb er heiter. Eine etwas andere Fröhlichkeit, etwas weniger aufdringlich und ruhiger, in kindischer Furcht vor seiner Frau, die den ganzen Tag rief:

– Da liegt er nun, der dicke Nichtsnutz, der fette Lump, der alte Säufer! Das ist eine nette Schweinerei! Eine nette Schweinerei!

Er antwortete nicht mehr. Hinter dem Rücken der Alten blinzelte er bloß mit den Augen, drehte sich etwas herum auf seinem Lager, die einzige

Bewegung, die er machen konnte. Das nannte er Nordrichtung und Süd-
richtung einnehmen.

Jetzt bestand seine größte Zerstreuung darin, die Unterhaltung in der
Schenke mit anzuhören und von nebenan, wenn er Freundesstimmen erkannte, mitzureden. Dann rief er:

– Schwiegersohn, bist Du's Cölestin? Und Cölestin Maloiselle antwortete:

– Ja, ich bin's, Vater Toni. Läufst Du denn wieder rum?

Der feine Toni antwortete:

– Trab loofen kann ich noch nich. Aber ich bin nich mager geworden,
meine Trommel is noch da.

Bald ließ er die Intimsten in sein Zimmer kommen, und man leistete ihm
Gesellschaft, obgleich er verzweifelt darüber war, dass man ohne ihn,
trank. Dann sagte er:

– Weißt Du, Schwiegersohn, mir tut's nur leid, dass ich meinen Feinen
nicht mehr saufen kann. Gottverdammich noch mal! Mit der Neige spüle
ich mir den Rachen aus. Aber richtig saufen kann ich nicht mehr, und das
tut mir weh.

Der Katerkopf der Mutter Toni erschien am Fenster. Sie rief:

– Ärgert ihn nur, ärgert ihn nur, den dicken Lump, den man hier durch-
füttern muss, den man waschen muss wie ein Schwein.

Und sobald die Alte verschwunden war, flatterte ab und zu ein Hahn mit
roten Federn aufs Fensterbrett, sah mit seinen runden, neugierigen Augen
ins Zimmer und begann dann laut zu krähen. Dann wieder flogen einmal
ein paar Hühner bis ans Fußende des Bettes und pickten Krumen vom
Boden auf.

Die Freunde des feinen Toni setzten sich bald gar nicht mehr in die Wirtsstube, sondern kamen jeden Nachmittag ans Bett, um mit dem Dicken zu
schwatzen. Obgleich er unbeweglich dalag, machte der alte Witzbold, der
Toni, ihnen doch Spaß. Der Kerl hätte den Teufel selbst zum Lachen gebracht. Drei erschienen täglich: Cölestin Maloiselle, ein großer, hagerer
Mann, sich etwas krumm haltend wie ein alter Äpfelbaumstamm, Prosper
Horslaville, ein kleiner, vertrockneter Kerl mit Stumpfnase, boshaft, listig
wie ein Fuchs, und Cäsar Paumelle, der niemals etwas sagte, aber trotzdem
über alles lachte.

Ein Brett wurde aus dem Hof gebracht, am Bettrand befestigt und nun
wurde Domino gespielt, ununterbrochen von zwei Uhr bis um sechs.

Aber Mutter Toni wurde bald unausstehlich. Sie konnte es nicht ertragen, dass ihr dicker Nichtsnutz von Mann sich immerfort gut unterhielt und im Bett Domino spielte. Sobald sie sah, dass eine Partie begann, stürzte sie sich wütend auf die Spieler, warf das Brett um, nahm das Spiel, trug es in die Wirtsstube und erklärte, diesen alten, schwatzenden, dicken Kerl zu unterhalten, genügte vollkommen; der Nichtstuer brauche sich nicht noch zu zerstreuen, während die andere arme Menschheit den ganzen Tag über schuften müsste.

Cölestin Maloiselle und Cäsar Paumelle senkten den Kopf, aber Prosper Horslaville stachelte die Alte noch an: Ihre Wut machte ihm Spaß.

Als er sie eines Tages noch mehr außer sich sah als gewöhnlich, sagte er:

– Na Alte, wissen Sie, was ich machen würde, wenn ich Sie wäre?

Sie wartete seine Erklärung ab und blickte ihn mit Nachteulenaugen an.

Er meinte:

– Ihr Alter glüht wie 'n Backofen, und aus dem Bett kommt er nie raus. Da würde ich ihn doch Eier ausbrüten lassen.

Sie war baff. Sie dachte, er wollte sich über sie lustig machen und blickte in das schmale, schlaue Gesicht des Bauern, der fortfuhr zu sprechen:

– Ich würde ihm fünf unter einen Arm und fünf unter den anderen legen am selben Tag, wo Sie der Henne welche unterlegen. Die kommen dann zur selben Zeit. Und wenn sie ausgekrochen sind, würde ich der Henne dem Alten seine Küken bringen, dass sie sie groß ziehen soll. Da könnten Sie aber was an Hühnerzucht erleben.

Die Alte fragte ganz erschrocken:

– Geht denn das?

Der Mann sagte:

– Gewiss geht's. Warum soll's denn nicht gehen? Ebenso gut, wie man die Eier in heißen Kästen auskriechen lässt, kann man sie doch auch ins Bett stecken.

Der Gedanke leuchtete ihr ein, und nachdenklich, und beunruhigt ging sie davon.

Acht Tage darauf trat sie in Tonis Zimmer, die ganze Schürze voll Eier, und sagte:

– Ich habe das gelbe Huhn ins Nest gesetzt auf zehn Eier. Da hast Du auch zehne. Aber dass Du keins kaputt schlägst.

Toni war ganz erschrocken und fragte:

– Was soll ich denn damit?

– Du sollst sie ausbrüten, Du alter Nichtsnutz!

Zuerst lachte er. Da sie aber darauf bestand, ward er wütend, wehrte sich und weigerte sich unter allen Umständen, unter seine dicken Arme die zukünftigen Hühnerchen legen zu lassen, dass seine Körperwärme sie ausbrüten sollte.

Aber die Alte wurde wütend und rief:

– Wenn Du sie nicht nimmst, kriegst Du nichts zu fressen! Du sollst mal sehen was passiert.

Toni ward unruhig und antwortete nichts.

Als es Mittag schlug, rief er:

– He, is die Suppe fertig?

Die Alte schrie aus der Küche:

– Für Dich is keene da, du dicker Nichtsnutz! Er meinte, sie scherze nur und wartete. Dann bat er, flehte, fluchte, absolvierte ein paar Nord- und Südlagen, donnerte in aller Verzweiflung mit der Faust gegen die Wand. Aber er musste es sich gefallen lassen, dass fünf Eier an seine linke Seite gelegt wurden, dann erst bekam er seine Suppe.

Als seine Freunde kamen, meinten sie, es ginge ihm ganz schlecht, so komisch war er anzusehen und so benahm er sich.

Dann wurde die Partie Domino gespielt wie täglich. Aber sie schien Toni gar keinen Spaß zu machen, und er streckte nur ganz langsam mit äußerster Vorsicht die Hände aus.

– Dein Arm is wohl angebunden? fragte Horslaville.

Toni antwortete:

– Mir is so ein schweres Gefühl in der Schulter.

Plötzlich trat jemand in die Wirtsstube, und die Spieler schwiegen.

Es war der Ortsvorsteher mit seinem Schreiber. Sie ließen sich zwei Glaser von dem Feinen geben und begannen von ihren Angelegenheiten zu reden. Da sie leise sprachen, wollte Toni Brûlot das Ohr gegen die Wand legen. Er vergaß die Eier, nahm mit einem Ruck die Nordlage ein und lag im selben Moment auf einem Omelette.

Bei seinem Fluchen stürzte Mutter Toni herbei, erriet das Unglück, und zog die Bettdecke mit einem Ruck herunter. Zuerst stand sie unbeweglich, da, empört, es schnitt ihr den Atem ab; angesichts des gelben Pflasters auf dem Leib ihres Mannes konnte sie nicht sprechen.

Dann stürzte sie sich wutzitternd auf den Gelähmten und begann ihn zu bearbeiten, als wenn sie Wäsche wüsche. Mit dumpfem Lärm fielen ihre Fäuste nieder, eine nach der anderen in kurzen Absätzen, wie die Sprünge eines Kaninchens, das mit den Läufen aufschlägt.

Die drei Freunde Tonis lachten, dass sie beinah erstickten, husteten, niesten, stießen Schreie aus. Und der dicke erschrockene Mann suchte die Angriffe seiner Frau vorsichtig abzuwehren, um nicht noch die anderen fünf Eier auf der anderen Seite zu zerbrechen.

III

Tom war besiegt: Er musste brüten, musste seine Dominopartie aufgeben, durfte keine Bewegung, mehr machen, denn die Alte entzog ihm jedes Mal, strengstens jede Nahrung, sobald er ein Ei zerbrochen hatte.

Er blieb auf dem Rücken liegen, starrte unbeweglich zur Decke, die Arme leicht gehoben wie ein paar Flügel, indem er die Hühnerkeime in den weißen Schalen an sich wärmte.

Er sprach nur noch leise, als wäre Geräusch ebenso gefährlich wie jede Bewegung und ward ganz erregt über das gelbe Huhn, das im Hühnerstall die gleiche Arbeit tat, wie er.

Er fragte seine Frau:

– Hat die Gelbe schon zu essen bekommen?

Und die Alte lief von den Hühnern zu ihrem Mann und von ihrem Mann zu den Hühnern, immer nur im Gedanken mit den kleinen Küken beschäftigt, die im Bett und im Nest heranreiften.

Die Leute aus der Nachbarschaft, die von der Geschichte gehört hatten, kamen neugierig, die Gesichter in ernste Falten, um sich nach Toni zu erkundigen. Auf den Fußspitzen schlichen sie sich heran, wie zu einem Kranken, und fragten mit Interesse:

– Na, wird's denn?

Toni antwortete:

– Gehen tut's schon. Aber eine Hitze ist da drin, furchtbar. Mir läuft's nur so über die Haut.

Da trat eines Morgens seine Frau ganz aufgeregt ein und sagte:

– Die Gelbe hat sieben Küken, drei Eier sind faul.

Toni fühlte sein Herz klopfen. Wie viel würde er ausbrüten?

Er fragte:

– Wird's denn gehen? – wie eine Frau, die im Begriff steht, Mutter zu werden.

Die Alte antwortete wütend, denn die Möglichkeit, dass es nicht glücken könnte, quälte sie:

– Das globe ich!

Sie warteten. Die Freunde wurden benachrichtigt, dass der Augenblick gekommen sei, und alle kamen an, auch ganz aufgeregt.

In allen Häusern wurde davon gesprochen, und an den Nachbartüren erkundigte man sich, wie weit es wäre.

Gegen drei Uhr schlief Toni ein. Er schlief jetzt die Hälfte des Tages. Plötzlich wurde er wach durch ein ungewohntes Krabbeln unter dem rechten Arm. Er fasste mit der linken Hand dorthin und fühlte ein kleines Tier mit gelbem Flaum bedeckt, das in seinen Fingern zappelte.

Er war so bewegt, dass er laut anfing zu brüllen und das kleine Hühnchen los ließ, das auf seiner Brust umherlief. Die Wirtsstube war voll Menschen. Die Trinker stürzten herbei, erfüllten das ganze Zimmer, standen um ihn herum, wie um einen Seiltänzer. Und nachdem die Alte auch dazu gekommen war, nahm sie vorsichtig das Tierchen fort, das sich unter den Bart ihres Mannes verkrochen hatte.

Kein Mensch sprach mehr ein Wort. Es war an einem warmen Apriltag. Durch das Fenster hörte man draußen die gelbe Henne glucksen, um ihre Neugeborenen zusammenzurufen.

Toni, der vor innerer Bewegung, Unruhe und Beklemmung schwitzte, flüsterte:

– Mir krabbelt noch eins unterm linken Arm.

Seine Frau streckte die große magere Hand unter die Decke und zog ein zweites Küken hervor, behutsam wie eine Hebamme.

Die Nachbarn wollten es sehen. Es wurde von Hand zu Hand gegeben und aufmerksam betrachtet wie ein Phänomen.

Zwanzig Minuten lang kam keins mehr. Dann verließen vier zu gleicher Zeit ihre Schalen.

Es gab eine große Bewegung unter den Zuschauern. Toni lächelte, glücklich über seinen Erfolg, und begann stolz zu werden auf diese seltsame

Vaterschaft. So was war doch noch nicht dagewesen! Teufel noch mal! er war doch ein verfluchter Kerl.

Er sagte:

– Jetzt sind's sechs. Gottverdammich das wird eine Generaltaufe!

Und das Publikum begann laut zu lachen. Andere Leute traten in die Wirtsstube, man hörte noch welche vor der Tür, und man fragte sich:

– Wie viel sind's denn?

– Jetzt sind's sechs!

Mutter Toni brachte die neue Familie der Henne. Und das Huhn gluckste ganz verzweifelt, sträubte die Federn, öffnete weit die Flügel um die immer wachsende Schar der Kleinen zu begrüßen.

– Ich habe noch eins gekriegt! rief Toni.

Er hatte sich getäuscht, es waren drei. Nun war aber der Triumph groß. Das letzte durchpickte seine Schale um sieben Uhr abends. Alle Eier waren gut. Und Toni war glückselig, stolz entbunden, küsste das zarte Tierchen auf den Rücken und hätte es beinah mit den Lippen erstickt. Das letzte wollte er im Bett behalten bis zum anderen Tag, indem ihn plötzlich mütterliche Zärtlichkeit überkam für dieses winzige kleine Tierchen, dem er das Leben gegeben. Aber die Alte nahm es ihm fort wie die anderen, ohne auf seine Bitten zu achten.

Die Zuschauer gingen befriedigt davon, sprachen über das Ereignis, und Horslaville, der als letzter geblieben, fragte:

– Toni, aber du ladest mich ein, wenn das erste gefressen wird. Nichtwahr?

Bei dem Gedanken an das Essen ging ein Leuchten über Tonis Gesicht, und der dicke Kerl sagte:

– Nu, das versteht sich, Schwiegersohn!

Dickchen

Tagelang waren in Auflösung begriffene Truppenteile durch die Stadt geeilt. Das waren keine Soldaten mehr, sondern zuchtlose Horden: Die Leute trugen wilde ungepflegte Bärte, zerfetzte Uniformen und ohne Fahne, ohne Ordnung bummelten sie regellos hin. Alle machten einen schlappen, erschöpften Eindruck, schienen unfähig, auch nur einen Gedanken oder einen Entschluss zu fassen, liefen bloß aus Gewohnheit weiter und weiter und fielen vor Müdigkeit um, sobald sie einmal haltmachten. Meist waren es Landwehrmänner, friedliebende Leute, ruhige Rentner, die unter der Last des Gewehres fast zusammenbrachen, kleine Kerls, die ebenso leicht das Entsetzen packte, wie die Begeisterung, kurz die ebenso gut angriffen wie ausrissen; unter ihnen ein paar Rothosen, Überreste irgendeiner Division, die in einer großen Schlacht zersprengt worden. Dunkel uniformierte Artilleristen sah man zwischen Infanteristen, und ab und zu tauchte auch der glänzende Helm eines Dragoners auf, der, schwer zu Fuß, Mühe hatte, den schnellen Schritten der Linientruppen zu folgen.

Dann kamen Francs-tireurs-Legionen mit heroischen Namen: »Rächer der Niederlage«, »Bürger des Grabes«, »Genossen des Todes«. Sie sahen aus wie Banditen.

Ihre Anführer waren ehemalige Tuch- oder Getreidehändler, Talg- oder Seifenfritzen, die ein Zufall zu Soldaten gemacht, die Offiziere geworden wegen ihres Geldes oder wegen der Länge ihrer Schnurrbarte. Sie waren mit Waffen gespickt, mit Tressen und Litzen behängen, führten laute Reden, sprachen über den Feldzugsplan und taten, als ob sie ganz allein noch das sterbende Frankreich aufrecht erhielten. Aber manchmal fürchteten sie sich vor ihren eigenen Leuten, die zwar sehr tapfer waren, aber Plünderer und Räuber.

Es hieß, die Preußen würden in Rouen einmarschieren.

Die Nationalgarde, die seit zwei Monaten in den benachbarten Wäldern sehr ängstlich rekognoszierte, ab und zu ihre eigenen Posten anschoss und sich zum Kampfe rüstete, wenn im Dickicht sich nur ein Karnickel regte, war wieder eingerückt. Ihre Waffen, Uniformen, alle ihre Mordwerkzeuge, mit denen sie bisher die Heerstraßen drei Meilen in der Runde in Schrecken versetzt, waren plötzlich verschwunden.

Die letzten französischen Soldaten hatten eben die Seine überschritten, um über Saint-Sever und Bourg-Achard, Pont-Audemer zu erreichen. Hinter ihnen folgte zu Fuß zwischen zwei Ordonnanzoffizieren ihr verzweifelter General, der mit diesen Heerestrümmern nichts wagen durfte, und der niedergeschmettert war über den gewaltigen Zusammenbruch seines sieg-gewohnten Volkes, das überall geschlagen war, trotz seiner sprichwört-lichen Tapferkeit.

Dann hatte sich tiefe Stille, entsetzensvolle bange Erwartung über die Stadt gesenkt. Viele durch friedliches Gewerbe verweichlichte Bürger erwarteten ängstlich den Sieger, in steter Furcht, dass man etwa ihren Bratspieß und ihre großen Küchenmesser als Waffen ansehen könnte.

Alles Leben schien erstorben, die Laden waren geschlossen, stumm lag die Straße da. Ab und zu schlich ein Einwohner, verängstigt durch diese un-heimliche Stille, eiligst längs der Mauern hin.

In der Qual der Erwartung erhoffte man beinahe die Ankunft des Feindes.

Am Nachmittag des Tages, nach dem Abmarsch der französischen Trup-pen, sprengten plötzlich ein paar Ulanen, die gekommen, man wusste nicht woher, durch die Stadt. Kurz darauf bewegte sich eine schwarze Masse den Abhang von Sainte-Catherine herab, während auf der Straße von Darnetal und Boisguillaume zwei weitere Abteilungen anrückten. Die Avantgarden der drei Heerkörper trafen genau zu gleicher Zeit auf dem Rathausplatz zusammen: Durch alle Nachbarstraßen marschierten die deutschen Trup-pen ein, wälzten sich ihre Bataillone, unter deren scharfen Marschtritt das Pflaster erdröhnte.

Schnarrende Kommandos in unbekannter Sprache schallten an den Häu-sern hinauf, die tot und verlassen schienen, während man hinter den ge-schlossenen Läden die Sieger erspähte, »nach Kriegsrecht« nun Herren über Stadt, Besitz und Leben. Die Einwohner saßen verstört in ihren dunk-len Zimmern, wie stets bei jenen großen Katastrophen und gewaltigen Umwälzungen dieser Erde, gegen die all unsere Weisheit, Schlauheit und Gewalt nichts auszurichten vermag. Denn dasselbe Gefühl bemächtigt sich immer der Menschen, sobald die bestehende Ordnung umgestürzt ist, sobald es keinen Halt mehr gibt, sobald alles, was unter dem Gesetz von Mensch oder Natur Schutz fand, einer brutalen, ungezügelten Gewalt überantwortet ist: beim Erdbeben, das unter einstürzenden Häusern eine ganze Bevölkerung begräbt; wenn ein Strom über die Ufer tritt, Leichen ertrunkener Bauern neben ersoffenem Vieh und Dächern zusammenge-brochener Häuser mit sich reißt; beim Nahen einer siegreichen Armee, die niedermacht, wer sich wehrt, alles andere gefangen fortführt, plündert mit dem Säbel in der Faust und beim Donner der Kanonen Gott preist! Das alles sind furchtbare Heimsuchungen, die den Glauben an die ewige Ge-rechtigkeit erschüttern und alles Vertrauen untergraben, das man uns gelehrt hat, in der himmlischen Gnade und in menschlicher Vernunft zu suchen.

Kleine Truppenabteilungen klopften an alle Türen und verschwanden dann in den Häusern. So wurde Besitz ergriffen nach dem Einmarsch; jetzt mussten die Besiegten sich gegen die Sieger entgegenkommend zeigen.

Als nach einiger Zeit der erste Schrecken vorüber war, ward es wieder ruhig. In vielen Familien aß der deutsche Offizier mit am Tisch. Manchmal war er taktvoll und beklagte Frankreichs Schicksal aus Artigkeit, drückte sein Bedauern aus, am Kriege teilnehmen zu müssen. Dafür war man ihm dankbar, – und dann konnte man heute oder morgen vielleicht seines Schutzes bedürfen. Am Ende bekam man gar, wenn man zuvorkommend gegen ihn war, ein paar Leute weniger Einquartierung. Und warum sollte man einen Menschen verletzen, von dem man ganz und gar abhing. Eine solche Handlungsweise wäre weniger Mut als Verwegenheit gewesen. Tollkühnheit aber kann man den Bürgern von Rouen heute nicht mehr verworfen wie zur Zeit jener heldenmütigen Verteidigungen, die die Stadt berühmt machten. Schließlich sagte man sich, unter Berufung auf seine französische Wohlerzogenheit, dass es sehr wohl erlaubt sei, daheim höflich zu sein, wenn man sich nur nicht gerade öffentlich mit den fremden Soldaten intim zeigte. Außerhalb des Hauses kannte man sich nicht, aber innerhalb seiner vier Pfähle schwatzte man gern, und der Deutsche blieb mit jedem Abend länger am gemeinsamen Kamin sitzen.

Die Stadt nahm allmählich ihr gewohntes Aussehen wieder an. Die Franzosen gingen zwar kaum aus, aber von feindlichen Soldaten wimmelte es in den Straßen. Übrigens schienen die Offiziere der blauen Husaren, die anmaßend ihre großen Mordwaffen auf dem Pflaster schleppen ließen, auf den einfachen Bürger durchaus nicht etwa mit mehr Verachtung herabzublicken als die französischen Jägeroffiziere, die ein Jahr vorher im selben Café gesessen.

Und doch lag etwas in der Luft. Etwas Fremdes, Rätselhaftes, ein seltsam unerträglicher Druck lastete auf allen: die Anwesenheit des Feindes. Sie machte sich fühlbar in den Wohnungen, auf den öffentlichen Plätzen, schien das Essen zu verbittern, rief den Eindruck hervor, als befände man sich gar nicht zu Haus, sondern weit fort, unter barbarischen wilden Völkerschaften.

Die Sieger verlangten Geld, viel Geld; die Einwohner zahlten immerfort. Übrigens waren sie reich. Aber je wohlhabender ein normannischer Kaufmann ist, desto mehr leidet er unter jedem Geldopfer, tut ihm jedes Teilchen seines Vermögens weh, das er in fremde Hände übergehen sieht.

Zwei oder drei Meilen unterhalb der Stadt, den Fluss hinab, bei Croisset, Dieppedalle oder Biessart, zogen die Fischer und Seeleute oft irgendwo die Leiche eines Deutschen aus dem Wasser, aufgeschwemmt, noch mit der Uniform bekleidet, durch Messerstiche oder einen Schlag getötet, den Kopf mit einem Steine zertrümmert, oder von einer Brücke in das Wasser hinuntergestoßen. Der Schlamm des Flusses verbarg die Opfer dieser dunklen, wilden Rachetaten, dieses stillen Heldenmutes, dieser stummen Angriffe, die gefährlicher waren als die Schlachten am hellen Tage, nur nicht, wie sie Anerkennung und Ruhm erwarben.

Denn der Hass gegen den Feind bewaffnet immer ein paar Verwegene, die bereit sind für eine Idee zu sterben.

Als nun aber endlich die Eindringlinge, obwohl sie die Stadt ihrer unbeugsamen Manneszucht unterworfen, keine jener Gräueltaten vollbrachten, die sie dem Gerücht nach auf ihrem bisherigen Siegeszug begangen hatten, fasste man Mut, und der Wunsch, Geschäfte zu machen, schlich sich wieder in das Herz der Kaufleute der Gegend. Mehrere von ihnen hatten in Havre, das von der französischen Armee besetzt war, notwendig zu tun und wollten versuchen den Hafen zu erreichen, indem sie über Land nach Dieppe fuhren, um dann von dort aus die Reise auf dem Seewege fortzusetzen.

Durch den Einfluss der deutschen Offiziere, deren Bekanntschaft man gemacht, verschaffte man sich vom kommandierenden General die Erlaubnis abzureisen.

Ein großer Postwagen mit vier Pferden bespannt wurde für diese Reise bereitgestellt, und beim Besitzer hatten sich zehn Personen dazu einschreiben lassen. Eines Dienstag morgens vor Tagesanbruch, um Aufsehen zu vermeiden, sollte abgefahren werden.

Seit einiger Zeit schon war der Boden durch die Kälte hart gefroren, und am Montagnachmittag gegen drei kamen schwere Wolken von Norden, brachten Schnee, der ununterbrochen den ganzen Abend, die ganze Nacht fiel. Um halb fünf Uhr morgens trafen die Reisenden im Hof des »Hôtel de Normandie« zusammen, um einzusteigen.

Sie waren noch ganz verschlafen und zitterten vor Kälte. In der Dunkelheit konnte man sich kaum erkennen, und in den schweren Winterkleidern sahen alle aus wie beleibte Pfaffen in langen Priesterröcken. Zwei von den Herren erkannten sich, und ein dritter mischte sich in ihr Gespräch. Sie begannen zu schwatzen.

– Ich fahre mit meiner Frau – sagte der eine.

– Ich gleichfalls!

– Und ich auch.

Der erste fügte hinzu:

– Wir kehren nicht nach Rouen zurück, und wenn die Preußen nach Havre kommen, gehen wir nach England. –

Alle hatten die gleichen Pläne und Absichten.

Aber der Wagen wurde noch nicht angespannt. Eine kleine Laterne, die ein Stallknecht trug, huschte von Zeit zu Zeit aus einer dunklen Tür, um sofort wieder in einer anderen zu verschwinden. Aufstampfen von Hufen auf den Boden klang, durch Dünger gedämpft, und im Stall hörte man einen Mann mit den Tieren sprechen und fluchen. Ein leises Klirren von Schellen zeigte, dass angeschirrt wurde. Das Klirren tönte bald lauter, bald schwieg es, je nach den Bewegungen des Pferdes, das ab und zu stillhielt, sich dann wieder schüttelte und unruhig mit den Hufen den Boden scharrte.

Plötzlich wurde die Tür geschlossen. Der Lärm hörte auf. Die frierenden Reisenden schwiegen gleichfalls und blieben erstarrt und unbeweglich.

Unausgesetzt fielen die weißen Flocken zur Erde nieder; sie verwischten die Formen, bestäubten alles mit eisigem Moos, und im großen Schweigen der stillen, winterbegrabenen Stadt hörte man nur noch das unbestimmte kaum zu unterscheidende Geräusch des niedersinkenden Schnees, mehr Einbildung als ein wirklicher Laut, – ein Durcheinanderschütteln von Atomen, die den ganzen Luftraum zu erfüllen schienen und die Welt bedeckten.

Nun erschien der Mann mit seiner Laterne und zog an einem Strick einen müden Gaul nach sich, der nicht recht vorwärts wollte. Er stellte ihn an die Deichsel, machte die Stränge an, hantierte lange um das Pferd herum, das Geschirr zu befestigen, denn er konnte nur mit einer Hand zugreifen, weil er in der anderen das Licht trug. Als er das zweite Tier holte, sah er die Reisenden unbeweglich stehen, schon ganz weiß vom niederstiebenden Schnee, und sagte:

– Warum steigen Sie denn nicht immer ein? Dann sind Sie doch wenigstens im Trockenen!

Sie waren wahrscheinlich noch gar nicht auf die Idee gekommen und stürzten nun in den Wagen. Die drei Herren brachten zuerst ihre Frauen unter, und stiegen dann nach; darauf nahmen die übrigen vermummten Gestalten die letzten Plätze ein, ohne ein Wort zu wechseln.

Auf dem Boden des Wagens lag Stroh; sie steckten die Füße hinein. Die zuerst eingestiegenen Damen hatten kleine kupferne Wärmflaschen mitgebracht mit einer Heizmasse. Sie steckten ihre Apparate an, priesen einige Zeit leise die Vorteile dieser Dinger und wiederholten Sachen, die sie alle längst wussten.

Als endlich der Stellwagen mit sechs Pferden bespannt war, statt vieren, weil er wegen des Schnees schwerer laufen würde, fragte draußen eine Stimme:

– Sind alle eingestiegen?

Eine andere Stimme antwortete:

– Ja. – Es ging fort.

Der Wagen kam ganz langsam vorwärts, nur im Schritt. Die Räder wühlten sich in den Schnee ein, das ganze Gefährt stöhnte und ächzte dumpf. Die Pferde stampften dahin, keuchten, dampften und unausgesetzt klatschte die riesige Peitsche des Kutschers, schwuppte nach allen Seiten, krümmte sich zusammen und entrollte sich wieder wie eine dünne Schlange, um kurz irgendeine der gerundeten Pferdekruppen zu treffen, die sich dann in neuem Anzuge streckte.

Und es ward immer mehr Tag. Die leichten Flocken, die einer der Reisenden, als rechtes Kind von Rouen, einem Wollregen verglich, fielen nicht mehr. Ein fahler Schein durchdrang die dichten, dunklen, schweren Wolken, die das Weiß der Landschaft noch mehr hoben, in der hier und da die Umrisse eines großen, bereiften Baumes auftauchten, da und dort ein Gehöft mit einer Schneehaube auf dem Dach.

Die Insassen des Wagens betrachteten sich neugierig beim traurigen Schein dieser Morgendämmerung.

Auf den besten Plätzen ganz hinten im Wagen schlummerten, einander gegenübersitzend, Herr und Frau Loiseau, Weingroßhändler aus der Rue Grand-Pont. Als ehemaliger Angestellter eines verkrachten Weinhändlers hatte Loiseau das Geschäft gekauft und sein Glück gemacht. Er verkaufte den kleinen Weinschänkern auf dem Lande zu sehr billigen Preisen sehr schlechten Wein; seine Bekannten hielten ihn für einen ganz gerissenen Kunden, einen richtigen Normannen, jovial, aber mit allen Hunden gehetzt. Er galt für einen so betrogenen Kerl, dass eines Abends auf der Präfektur Herr Tournel, eine Lokalgröße, Verfasser von beißend witzigen Geschichten und Couplets, den Damen, die ein wenig schläfrig geworden waren, vorgeschlagen hatte, sie wollten doch eine Partie »L'oiseau-vole« spielen. Das Wort machte die Runde durch die Salons des Präfekten, gelangte dann in die Stadt und belustigte vier Wochen lang die ganze Provinz.

Loiseau war selbst bekannt dafür, dass er Ulk allerlei Art liebte und schlechte und gute Witze riss. Niemand konnte von ihm reden, ohne sofort hinzuzufügen:

– Der Loiseau ist doch unbezahlbar!

Er war klein, und über seinem ballonartig gewölbten Bauch, saß zwischen grauen Backenbärten ein gerötetes Antlitz.

Seine Frau war groß, stark, sehr entschieden, redete laut, war schnell von Entschluss und vertrat Ordnung und Pünktlichkeit in dem Handelshause, das des Mannes fröhliche Geschäftigkeit belebte.

Neben ihnen saß, etwas würdiger, der besseren Gesellschaft angehörend, Herr Carré-Lamadon, eine gewichtige Persönlichkeit, Wollhändler, Besitzer von drei Spinnereien, Offizier der Ehrenlegion, Mitglied des Generalrates. Er war während des ganzen Kaiserreiches Führer der wohlwollenden Opposition gewesen, nur um sich seine Annäherung an die Ideen, die er mit anständigen Mitteln bekämpfte, wie er selbst sagte, teurer zahlen zu lassen. Frau Carré-Lamadon, viel jünger als ihr Mann, war der Trost der Offiziere aus guter Familie, die nach Rouen in Garnison kamen.

Sie saß ihrem Mann gegenüber: klein, niedlich, reizend, tief in ihren Pelz vermummt und sah sich trostlos im traurigen Innern des Wagens um.

Ihre Nachbarn, Graf und Gräfin Hubert de Bréville trugen einen der ältesten, angesehensten Namen der Normandie. Der Graf, ein alter sehr vornehm aussehender Edelmann, suchte durch allerlei Toilettenkniffe seine natürliche Ähnlichkeit mit dem »Roy« Heinrich IV. noch besonders augenfällig zumachen; dem Roy, der nach glorreicher Überlieferung der Familie einst eine Bréville Mutter gemacht, wofür deren Gemahl Graf und Gouverneur einer Provinz geworden.

Graf Hubert, ein Kollege des Herrn Carré-Lamadon im Generalrat, vertrat im Departement die Orleanistische Partei. Die Geschichte seiner Heirat mit der Tochter eines kleinen Reeders aus Nantes war immer etwas dunkel geblieben. Aber da die Gräfin sehr vornehm aussah, besser repräsentierte als irgendjemand anderes und sogar das Gerücht ging, einer der Söhne Louis Philipps habe eine Neigung zu ihr gehabt, ward sie gefeiert vom ganzen Adel und ihr Salon blieb der erste der Provinz, der einzige, in dem die alte Galanterie noch lebte, und in den es schwierig war eingeführt zu werden.

Das Vermögen der Bréville, lauter Liegenschaften, warf wie es hieß eine halbe Million Rente ab.

Diese sechs Personen im Hintergrund des Wagens waren die Vertreter der anständigen, begüterten Gesellschaft: ehrenwerte Leute von Würde und Stellung, religiös und von Grundsätzen.

Durch ein seltsames Spiel des Zufalls saßen alle Damen auf derselben Seite. Die Nachbarinnen der Gräfin waren zwei barmherzige Schwestern, die lange Rosenkränze abbeteten und unausgesetzt ihr Paternoster und Ave-Maria murmelten. Die eine war alt, von Blatternarben entstellt, als ob sie eine Schrotladung gerade ins Gesicht bekommen hätte. Die andere sah etwas kümmerlich aus, hatte auf einer schwindsüchtigen Brust einen hübschen, kränklichen Kopf, mit dem Ausdruck jenes fanatischen Glaubens, der Märtyrer und Verzückte gebiert.

Den beiden Nonnen gegenüber zogen ein Mann und eine Frau die allgemeine Aufmerksamkeit auf sich.

Der Mann, eine bekannte Persönlichkeit, war der Demokrat Cornudet, der Schrecken aller anständigen Menschen. Seit zwanzig Jahren tauchte er seinen großen, roten Bart in alle Bierseidel der demokratischen Cafés. Er hatte mit Freunden und Genossen ein ziemlich bedeutendes Vermögen, das er von seinem Vater, einem ehemaligen Konditor geerbt hatte, durchgebracht und wartete ungeduldig, von einer republikanischen Regierung endlich die Stellung, die er sich durch so viele Mahlzeiten in revolutionären Kneipen verdient zu haben meinte – zu erhalten. Am 4. September hatte er, wohl Opfer eines Ulks, sich eingebildet, er wäre zum Präfekten ernannt worden. Aber als er seine Tätigkeit antreten wollte, hatten die Bürodiener, die allein auf dem Platz geblieben waren, sich geweigert, ihn anzuerkennen. Das bewog ihn zum Rückzüge. Sonst ein ungefährlicher, gefälliger, guter Kerl, hatte er jetzt unendlichen Eifer darauf verwendet, alles zur Verteidigung herzurichten. Er hatte in der ganzen Ebene um Rouen Löcher auswerfen lassen, alle jungen Bäume der nächsten Wälder niedergelegt, auf allen Straßen Verhaue fertiggestellt, um, beim Nahen des Feindes, sich wohlzufrieden mit allen seinen Vorbereitungen, eiligst in die Stadt zurückzuziehen. Er meinte sich jetzt in Havre, wo neue derartige Befestigungen notwendig erschienen, nützlicher machen zu können.

Das weibliche Wesen an seiner Seite gehörte der Halbwelt an. Es war bekannt durch seine frühreife Wohlbeleibtheit, die ihm den Beinamen »Dickchen« eingetragen. Das Mädchen war klein, rund überall, fett, wie gemästet, mit molligen Fingern, die Einschnitte an den Gelenken hatten, sodass sie aussahen wie ein Kranz von kleinen Würstchen. Ihre Haut war

114

prall und glänzend. Sie besaß einen riesigen Busen, der sich unter dem Kleide blähte, hatte aber trotzdem etwas Appetitliches und war sehr beliebt wegen ihrer Frische. Ihr Gesicht glich einem rotbäckigen Apfel, einer aufbrechenden Päonien-Knospe, und daraus schauten zwei wundervolle, schwarze Augen, wie verschleiert durch die dichten Wimpern, die sie beschatteten. Ihr Mund war reizend, klein, ewig feucht, zum Kuss einladend, mit leuchtenden winzigen Zähnchen.

Außerdem hatte sie, wie es hieß, noch viele unschätzbare Eigenschaften.

Sobald man sie erkannt hatte, tuschelten die ehrbaren Damen miteinander und die Worte »Prostituierte« und »Schandfleck« fielen so laut, dass Dickchen den Kopf hob. Sie blickte ihre Nachbarn so herausfordernd und frech an, dass sofort allgemeine Stille eintrat und außer Loiseau, der sie lauernd betrachtete, alle die Augen niederschlugen.

Aber bald begannen die drei Damen, welche die Gegenwart des Mädchens schnell einander freundschaftlich verbunden, ja fast zu Vertrauten gemacht hatte, sich wieder zu unterhalten. Es war ihnen, als müssten sie dieser schamlosen Käuflichen gegenüber mit ihrer Frauenwürde ein Bündnis schließen, denn die gesetzlich gestattete Liebe rümpft immer die Nase über ihre freie Schwester.

Und auch die drei Männer, die beim Anblick Cornudets ein gemeinsamer konservativer Instinkt vereinigt, begannen über Geldsachen zu reden, in einem für Arme verletzenden Ton. Graf Hubert erzählte von der Verwüstung, die bei ihm die Preußen angerichtet, von den Verlusten, die ihm aus gestohlenem Vieh und verlorener Ernte erwuchsen, mit der Sicherheit eines großen Herrn und zehnfachen Millionärs, den so etwas, kaum weiter stört.

Herr Carré-Lamadon, in der Wollindustrie wohl erprobt, war vorsichtig gewesen und hatte 600000 Franken nach England geschickt, ein Notpfennig, den er sich für alle Fälle aufhob. Loiseau aber hatte es Fertigbekommen der französischen Militär-Intendanz alle gewöhnlichen Weine, die er noch im Keller hatte, aufzuhängen, sodass ihm der Staat eine bedeutende Summe schuldete, die er hoffte, in Havre erheben zu können.

Alle drei warfen sich flüchtige Blicke des Einverständnisses zu. Obgleich aus verschiedenen Kreisen, fühlten sie sich doch durch das Geld eins, Mitglieder des Freimaurerordens der Besitzenden, derer, die da klimpern können, wenn sie die Hand in die Tasche stecken.

Der Wagen fuhr so langsam, dass man um zehn Uhr morgens noch nicht vier Meilen zurückgelegt hatte. Drei Mal stiegen die Herren aus, um bei

Steigungen des Weges, zu gehen. Man fing an sich zu beunruhigen, denn in Tôtes sollte gefrühstückt werden, und man musste jetzt beinah daran verzweifeln, es noch vor Anbruch der Nacht zu erreichen. Sie spähten alle nach einem Wirtshaus am Wege aus, da versank der Wagen in einer Schneewehe, und sie brauchten zwei Stunden um ihn wieder flott zu machen.

Der Appetit wuchs und beschäftigte aller Sinne und Gedanken. Aber kein Garkoch, kein Weinhändler zeigte sich. Die Nähe der Preußen und der Durchmarsch der verhungerten französischen Truppen hatten alle Wirte ins Bockshorn gejagt.

Die Herren liefen in die Bauernhöfe am Wege, um Lebensmittel aufzutreiben. Aber sie fanden nicht einmal Brot, denn die misstrauischen Bauern hatten ihre Reservevorräte versteckt, in der Befürchtung, von den Soldaten, die nichts zu beißen hatten und gewaltsam nahmen, was sie fanden, geplündert zu werden.

Gegen ein Uhr nachmittags erklärte Loiseau, dass er jetzt verfluchten Hunger habe. Alle empfanden längst dasselbe Gefühl, und da der Heißhunger immer heftiger wurde, hörte allmählich jede Unterhaltung auf.

Ab und zu gähnte jemand: Das steckte an. Und nun öffnete der Reihe nach, einer nach dem anderen den Mund: Je nach Charakter, Lebensart oder gesellschaftlicher Stellung riss er ihn weit auf, oder öffnete ihn bescheiden, um sofort den gähnenden Schlund, aus dem der Atem dampfte, mit der Hand zu verbergen.

Dickchen beugte sich mehrmals nieder, als ob sie unter ihren Kleidern etwas suchte. Sie zögerte eine Sekunde, blickte ihre Nachbarn an und richtete sich dann ruhig wieder auf. Aller Gesichter waren bleich und verzerrt. Loiseau schwor, er gäbe gleich tausend Franken für einen Schinken. Seine Frau wollte auffahren, beruhigte sich aber wieder. Es war ihr geradezu schrecklich von Geldverschwendung sprechen zu hören und sie verstand nicht einmal Spaß in diesem Punkt.

– Jedenfalls fühle ich mich nicht wohl, sagte der Graf; dass ich auch nicht daran gedacht habe, etwas zu essen mitzunehmen!

Jeder machte sich denselben Vorwurf.

Cornudet hatte eine Feldflasche voll Rum, die er anbot. Man lehnte kühl ab. Nur Loiseau nahm zwei Schluck an, und als er die Flasche zurückreichte, dankte er mit den Worten:

– Das hat wohlgetan! Das wärmt und man kommt über den Hunger weg.

Der Alkohol kratzte ihn auf, und er schlug vor, wie es im Liede »vom kleinen Schiff« heißt: den fettesten der Reisenden zu schlachten. Diese Anspielung auf Dickchen verschnupfte die wohlerzogenen Leute. Man antwortete nicht, nur Cornudet lachte. Die beiden barmherzigen Schwestern hatten aufgehört den Rosenkranz zu beten und saßen, die Hände in ihren weiten Ärmeln vergraben, unbeweglich da, immer mit niedergeschlagenen Augen, jedenfalls dem Himmel dankbar für die Leiden, deren er sie würdigte.

Schließlich um drei Uhr, als sie sich mitten auf einer endlosen Ebene befanden, kein Dorf weit und breit, bückte sich Dickchen schnell und zog unter der Bank einen großen mit weißer Serviette zugedeckten Korb hervor.

Zuerst nahm sie daraus einen kleinen irdenen Teller, dann ein silbernes Becherchen, darauf eine große Terrine, in der zwei zerlegte Hühner in Aspik lagen. Und nun gewahrte man, noch eingewickelt, in dem Korbe viele andere gute Dinge: Pasteten, Früchte, Leckerbissen, – Vorräte für eine dreitägige Reise ausreichend ohne die Küchen der Wirtshäuser in Anspruch nehmen zu brauchen. Vier Flaschenhälse lugten zwischen den Ess-Sachen hervor. Sie nahm einen Hühnerflügel, begann ihn mit Appetit zu verspeisen und ab und zu an einem kleinen Brötchen zu knabbern.

Aller Blicke waren auf sie gerichtet. Wie das duftete: Die Nasenlöcher blähten sich; das Wasser lief allen im Munde zusammen und die Kinnbacken krampften sich. Die Verachtung der Damen gegen das Mädchen hatte den Höhepunkt erreicht; es überkam sie die Lust, sie totzuschlagen, oder sie aus dem Wagen hinaus in den Schnee zu werfen, samt ihrem Becher, ihrem Korbe und ihren Vorräten.

Aber Loiseau verschlang das Geflügel mit den Augen und meinte:

– Das muss man allerdings sagen, die Dame ist vorsichtiger gewesen wie wir. Es gibt doch Menschen, die an alles denken!

Sie blickte zu ihm auf:

– Wollen Sie etwas essen? – Es ist hart, den ganzen Tag nichts zu sich zu nehmen!

Er verneigte sich:

– Offen gestanden, ich kann nicht nein sagen. Ich kann es nicht mehr aushalten. Krieg ist Kriege meinen Sie nicht?

Er blickte rundum und fügte hinzu: – In solchem Augenblick freut man sich, jemand zu finden, der einem einen Gefallen tut. – Er faltete ein

Zeitungsblatt auseinander, um seine Hose nicht zu beschmutzen, spießte mit seinem Taschenmesser ein ganz mit Aspik überzogenes Bein auf, zerlegte es mit den Zähnen und kaute es dann mit so sichtlicher Befriedigung, dass im Wagen alle vor Neid barsten.

Dickchen bot auch den barmherzigen Schwestern in weichem demütigen Ton an, doch an ihrer Mahlzeit teilzunehmen. Die griffen sofort zu und ohne aufzublicken, begannen sie sehr schnell, nachdem sie einen kurzen Dank gestammelt, zu essen. Auch Cornudet lehnte die Aufforderung seiner Nachbarin nicht ab und sie bildeten nun mit den Nonnen eine Art Tisch, indem sie auf den Knien Zeitungsblätter auseinanderfalteten.

Unausgesetzt öffneten und schlossen sich die Münder, würgten, schmatzten und verschlangen gierig die Speisen. Loiseau saß in seiner Ecke und redete seiner Frau leise zu, seinem Beispiel zu folgen. Sie widerstand lange, aber endlich als sie es vor Magenknurren nicht mehr aushalten konnte, gab sie nach. Nun fragte ihr Mann, möglichst artig, ihre »reizende Begleiterin«, ob sie erlauben würde, dass er seiner Frau auch ein kleines Stück gäbe. Dickchen antwortete:

– Aber gewiss, sehr gern.

Mit liebenswürdigem Lächeln hielt sie die Schüssel hin.

Als die erste Flasche Rotwein geöffnet wurde, trat eine verlegene Pause ein, denn es gab nur einen Becher. Man reichte ihn weiter, nachdem ihn jeder abgewischt. Cornudet hingegen setzte, wahrscheinlich aus Galanterie, seine Lippe an die noch nasse Stelle, wo die seiner Nachbarin geruht.

Zwischen all diesen schmatzenden Leuten, und durch den Essensdunst fast zur Verzweiflung getrieben, litten Graf und Gräfin Bréville sowie Herr und Frau Carré-Lamadon wahre Tantalusqualen. Plötzlich stieß die junge Frau des Fabrikanten einen Seufzer aus, dass alle sie anblickten. Sie wurde so bleich wie der Schnee draußen, ihre Augen schlossen sich, ihre Stirn sank vornüber: Sie ward ohnmächtig. Ihr Mann war außer sich und rief um Hilfe. Nun verloren sie alle gänzlich die Fassung bis die älteste der barmherzigen Schwestern, die den Kopf der Kranken hielt, ihr Dickchens Becher zwischen die Lippen zwängte und ein paar Tropfen Wein einflößte. Die hübsche junge Frau schlug die Augen auf, lächelte und erklärte mit leiser Stimme, dass ihr jetzt wohler sei. Aber die Nonne bat sie, damit es nicht wiederkäme, ein ganzes Glas Bordeaux zu trinken und fügte hinzu:

– Das kommt vom Hunger, nur vom Hunger.

Da errötete Dickchen und stammelte verlegen, indem sie die vier noch fastenden Reisenden anblickte:

– Ja, wenn ich Ihnen anbieten darf, meine Damen und Herren? – Sie schwieg, sie fürchtete, zu viel gesagt zu haben. Loiseau nahm das Wort:

– Bei Gott, in solchen Fällen sind wir alle Brüder und sollen einander helfen. Zum Teufel, meine Damen, jetzt machen Sie keine Geschichten. Nehmen Sie an! Wir wissen doch gar nicht einmal ob wir überhaupt noch ein Haus erreichen zum Übernachten. Wenn es in dem Tempo weitergeht, sind nur vor morgen Mittag nicht in Tôtes. – Man zögerte. Niemand wollte zuerst ja sagen. Da machte her Graf der Sache ein Ende, wendete sich zu dem verlegenen dicken Mädchen und sagte in vornehmem Ton:

– Wir nehmen dankend an!

Der Entschluss war schwer gewesen, aber, nachdem einmal das Eis gebrochen, ging man mit Eifer an die Sache. Der Korb wurde geleert. Er enthielt noch eine Gänseleber, eine Lerchenpastete, ein Stück gepökelte Zunge, Birnen aus Crassane, ein Pfefferkuchen von Pont-Leveque, Dessert und ein Glas Mixed Pickles, da Dickchen wie alle Frauen das Pikante liebte.

Man konnte die Vorräte des Mädchens aber nicht verzehren, ohne mit ihr zu reden. Also sprach man mit ihr, wenn auch zunächst zurückhaltend. Da sie sich aber sehr gut benahm, ließ man sich bald mehr gehen. Die Gräfin und Frau Carré-Lamadon, die viel Lebensart besaßen, waren artig aber zurückhaltend. Besonders die Gräfin zeigte jene liebenswürdige Herablassung sehr vornehmer Damen, die keine Berührung irgendwelcher Art beschmutzen kann. Sie war bezaubernd. Aber die dicke Frau Loiseau, schwerfällig wie ein Dragoner, blieb unfreundlich, sprach wenig und aß viel.

Natürlich unterhielt man sich vom Kriege. Man erzählte sich Gräueltaten der Preußen und Wunder an Tapferkeit der Franzosen; und sie alle, die auf der Flucht waren, sprechen mit Anerkennung von dem Mute der Zurückgebliebenen. Bald kam man auf persönliche Dinge, und Dickchen erzählte mit echter Bewegung, mit jener Wärme des Ausdrucks, die solche Mädchen manchmal haben, um ihre natürliche Erregung auszudrücken, wie sie Rouen verlassen:

– Zuerst glaubte ich, ich könnte bleiben – sagte sie. – Ich hatte das Haus voller Vorräte und hätte lieber irgendein paar Soldaten durchgefüttert, als ausgewiesen zu werden. Aber als ich diese Preußen erst einmal sah, konnte ich nicht mehr anders. Mich ergriff eine solche Wut, dass ich den ganzen Tag vor Empörung weinen musste. Wäre ich ein Mann! Von meinem Fenster habe ich sie gesehen, diese dicken Schweine, mit ihren Pickelhauben, und mein Mädchen musste mir die Hände festhalten, jawohl, sonst hätte ich irgendetwas nach ihnen geschmissen. Dann bekam ich Einquartierung. Ich bin dem ersten gleich an die Gurgel gesprungen. Die erwürgt man auch nicht schwerer als andere Menschen. Ich hätte ihm schon den Rest gegeben, dem Kerl, wenn man mich nicht bei den Haaren zurückgerissen hätte. Ich musste mich dann verstecken. Als sich mir eine Gelegenheit bot, machte ich mich fort, – und so bin ich hier.

Man beglückwünschte sie sehr. Sie stieg in der Achtung ihrer Reisegefährten, die sich nicht so verwegen gezeigt hatten. Cornudet lächelte, während er ihr zuhörte, beifällig, wohlwollend, salbungsvoll, wie ein Priester, wenn der Gläubige Gott lobt; denn die wüstbärtigen Demokraten haben den Patriotismus genau so gepachtet, wie die Pfaffen die Religion. Nun redete auch er in salbungsvollem Ton mit hochtrabenden Redensarten, die er aus jenen Proklamationen erlernt, die man täglich an die Mauern klebte und schloss mit einem fabelhaften Redeschwung, in dem er von oben herab »den Lumpen den Badinguet« abkanzelte.

Aber Dickchen wurde sofort böse, denn sie war Bonapartistin. Sie wurde puterrot und stammelte empört: – Ich hätte Sie mal an seiner Stelle sehen wollen, das wäre eine schöne Geschichte geworden. Ihr habt überhaupt den Mann verraten. Wenn solche Kerls wie ihr zur Regierung kommen, kann man nur gleich Frankreich den Rücken kehren.

Cornudet blieb kalt verächtlich und überlegen lächelnd. Aber man ahnte, dass die Grobheiten kommen würden, als der Graf sich ins Mittel legte, und das außer sich geratene Mädchen nicht ohne Mühe beruhigte, indem er mit Nachdruck erklärte, jede ehrliche Ansicht sei zu achten. Aber die Gräfin und die Fabrikantenfrau, die den unvernünftigen Hass aller anständigen Leute gegen die Republik in sich trugen und dazu jene instinktive Vorliebe aller Frauen für Säbelherrschaft und Despotie, fühlten sich, ohne es zu wollen, hingezogen, zu dieser gesinnungstüchtigen Prostituierten, deren Gefühle den ihren so ähnlich waren.

Der Korb war leer. Zu zehn hatte man ihn mühelos geleert und nur bedauert, dass er nicht größer war. Die Unterhaltung ging einige Zeit fort, aber doch etwas lässiger, seitdem man mit essen fertig war.

Die Dunkelheit brach ein, es wurde allmählich vollkommen Nacht und wahrend der Verdauung ward die Kälte fühlbarer, sodass Dickchen trotz ihres Fettes zusammenschauerte. Da bot ihr Gräfin Breville ihren Fußwärmer an, dessen Füllung seit dem Morgen mehrmals erneuert worden. Dickchen nahm sofort an, denn ihre Füße waren wie Eis. Die Damen Carré-Lamadon und Loiseau borgten ihre Wärmflaschen den Nonnen.

Der Kutscher hatte die Laternen angezündet. Ihr heller Schein beleuchtete eine Dampfwolke auf den schwitzenden Kruppen der Stangenpferde und zu beiden Seiten der Straße den Schnee, der beim zuckenden Schein der Lichter vorbei zu gleiten schien.

Im Wagen konnte man nichts mehr erkennen, aber plötzlich kam Bewegung zwischen Dickchen und Cornudet; und Loiseau, dessen Auge das Dunkel durchforschte, war es, als sähe er den Mann mit dem langen Bart schnell zur Seite fahren, als hätte eo in aller Stille einen tüchtigen Puff erhalten.

Vor ihnen an der Straße erschienen kleine Lichtpunkte. Es war Tôtes. Man war elf Stunden gefahren; das machte mit der Rast, die man vier Mal den Pferden gegönnt, um sich zu verschnaufen und Hafer zu fressen, vierzehn. Man fuhr in den Ort ein und hielt vor dem Hotel du Commerce.

Der Wagenschlag wurde geöffnet. Ein ihnen wohlbekannter Laut ließ die Reisenden zusammenschrecken: das Klirren eines Säbels auf dem Boden. Zugleich rief die Stimme eines Deutschen irgendetwas.

Obgleich der Stellwagen halten blieb, stieg niemand aus, als erwartete man beim Aussteigen sofort umgebracht zu werden. Da erschien der Kutscher, eine seiner Laternen in der Hand, die plötzlich bis in die Tiefe des Wagens ihren Schein warf, auf die beiden Reihen verstörter Gesichter, deren Münder offen standen und deren Augen vor Staunen und Entsetzen aufgerissen waren.

Neben dem Kutscher stand in voller Beleuchtung ein deutscher Offizier, ein großer junger Mann, überaus schlank und blond, eingezwängt in seine Uniform wie ein Mädchen ins Korsett, die flache Mütze schief aufgesetzt. Sein riesiger Schnurrbart mit zwei langen geraden Spitzen wurde auf beiden Seiten immer dünner und endigte in einem einzigen so blonden Haar, dass man das Ende nicht sah. Der Bart schien auf den Mundwinkeln zulasten und zog die Wange herab, sodass sich von den Lippen nach unten eine Falte eingrub.

In elsässischem Französisch forderte er die Reisenden auf auszusteigen, indem er in befehlendem Ton sagte:

– Aussteigen, bitte, meine Herren und Damen.

Die beiden barmherzigen Schwestern gehorchten zuerst, mit der Unterwürfigkeit von Nonnen, die an Gehorsam gewöhnt sind. Dann erschienen Graf und Gräfin, vom Fabrikanten und seiner Frau gefolgt, darauf Loiseau, der seine dicke Ehehälfte vor sich herschob. Er sagte beim Aussteigen zum Offizier: guten Morgen! mehr aus Vorsicht als Höflichkeit. Der blickte ihn unverschämt, wie Leute, die die Macht haben, an, ohne eine Antwort zu geben.

Dickchen und Cornudet stiegen, obgleich sie der Tür zunächst saßen, zuletzt aus, ernst und stolz dem Feind gegenüber. Das dicke Mädchen suchte sich zu beherrschen und ruhig zu bleiben; der Demokrat strich mit tragischer Gebärde, aber etwas erregt, den langen roten Bart. Sie wollten Haltung bewahren, da sie einsahen, dass bei solchen Begegnungen jedermann bis zu einem gewissen Grade sein Vaterland repräsentiert; und empört über die Gefügigkeit ihrer Reisegefährten suchte sie eine stolzere Miene aufzusetzen als ihre Begleiterinnen, die ehrbaren Frauen, während er, wohl fühlend, dass er einen Beweis liefern musste, in seinem ganzen Benehmen seine Politik des Widerstandes fortsetzte, die er mit Aufreißen der Landstraßen begonnen hatte.

Sie traten in die große Küche des Gasthauses, und der Deutsche, der sich den vom kommandierenden General unterzeichneten Pass hatte geben lassen, auf dem alle Namen verzeichnet standen, mit Signalement, Beruf und Stand jedes einzelnen der Reisenden, betrachtete sie alle genau und verglich die Personen mit den geschriebenen Angaben.

Dann sagte er kurz: – Es ist gut! – und verschwand.

Da atmeten sie auf. Sie hatten alle noch Hunger und bestellten Abendbrot. Eine halbe Stunde verstrich, um es herzurichten; und während die beiden Kellnerinnen taten, als bekümmerten sie sich um das Essen, begab man sich auf die Zimmer. Sie lagen alle an einem langen Gang, an dessen Ende sich eine Glastür mit No. 0 befand.

Als man sich endlich zu Tisch setzen wollte, erschien der Wirt selbst, ein ehemaliger Pferdehändler, ein dicker, asthmatischer Mann, in dessen Kehle es immer pfiff, rasselte und rasaunte. Sein Vater hatte ihm den Namen Follenvie vererbt.

Er fragte: – Fräulein Elisabeth Rousset?

Dickchen zuckte zusammen und wendete sich um:

– Das bin ich.

– Fräulein, der preußische Offizier will Sie sofort sprechen.

– Mich?

– Ja, falls Sie Fräulein Elisabeth Rousset sind.

Sie ward verlegen, dachte eine Sekunde nach und erklärte dann entschieden:

– Das kann wohl sein, aber ich werde nicht kommen.

Alle gerieten in Aufregung: Jeder erörterte und suchte den Grund zu dem Befehl. Der Graf trat auf sie zu:

– Sie befinden sich im Unrecht, denn Ihre Weigerung könnte große Unannehmlichkeiten im Gefolge haben, – nicht nur für Sie, sondern für alle Ihre Reisegenossen. Man muss der Gewalt nie Widerstand leisten. Außerdem kann es ja bei diesem Schritt keine Gefahr geben. Es handelt sich jedenfalls um irgendeine vergessene Formalität.

Alle waren seiner Ansicht, und man bat sie, drang in sie, beschwor sie, und überredete sie endlich. Denn alle fürchteten Schwierigkeiten, die durch solchen Widerstand hervorgerufen werden konnten. Endlich sagte sie:

– Nun also, ich werde es in Ihrem Interesse tun.

Die Gräfin ergriff ihre Hand:

– Und wir danken Ihnen dafür.

Sie ging, und man wartete auf sie, um mit dem Essen anzufangen. Jeder Einzelne ärgerte sich, nicht statt dieses heftigen und jähzornigen Mädchens gewünscht worden zu sein und legte sich allerlei Redensarten zurecht, für den Fall, dass man auch ihn riefe.

Aber nach zehn Minuten erschien sie wieder: außer Atem, verzweifelt, rot zum Ersticken und stammelte:

– Dieser Lump, dieser Lump!

Alle wollten wissen, was geschehen sei, aber sie gab keine Antwort. Und als der Graf in sie drang, entgegnete sie mit Würde:

– Das geht Sie nichts an. Ich kann es nicht sagen.

Da setzte man sich um eine große Suppenschüssel, aus der Kohlgeruch aufstieg. Trotz des Schrecks verlief das Abendessen sehr heiter. Der Apfelwein war gut. Aus Sparsamkeit hatte das Ehepaar Loiseau und die barmherzigen Schwestern welchen verlangt. Die andern bestellten Wein, Cornudet Bier. Er hatte eine ganz eigene Art die Flasche zu entkorken, die Flüssigkeit schäumen zu lassen, sie zu betrachten, indem er das Glas neigte und es dann zwischen die Lampe und sein Auge hielt, um die Farbe zu begutachten. Wenn er trank, schien sein mächtiger Bart, der die Farbe seines Lieblingsstoffes angenommen hatte, zu zittern vor Wollust. Er schielte, um nur ja nicht sein Seidel aus dem Auge zu lassen, und es war als erfüllte er die einzige Tätigkeit, zu der er überhaupt geboren. Man hätte meinen sollen, in seinem Geist fände ein Ausgleich statt und eine Verbindung zwischen den beiden großen Leidenschaften, die sein Leben ausfüllten: Bier und Revolution. Und jedenfalls konnte er eins nicht genießen, ohne an das andere zu denken.

Herr und Frau Follenvie aßen oben am Tisch. Der Mann schnaufte wie eine überheizte Lokomotive. Der Luftzug in seiner Brust war zu stark, als dass er hätte beim Essen sprechen können, aber die Frau schwieg nie. Sie gab alle ihre Eindrücke bei der Ankunft der Preußen zum besten, erzählte, was sie täten, was sie sagten, verfluchte sie, einmal, weil sie ihnen Geld kosteten und außerdem, weil sie zwei Söhne bei der Armee hatte. Sie richtete sich meist an die Gräfin, geschmeichelt, mit einer Dame von Rang zu reden.

Dann senkte sie die Stimme, um heikle Dinge zu erzählen, und ihr Mann unterbrach sie von Zeit zu Zeit und rief:

– Du tätest besser, zu schweigen, Frau Follenvie.

Aber sie kehrte sich nicht daran, sondern fuhr fort:

– Ja, gnädige Frau, die essen nur Schweinebraten und Kartoffeln und Kartoffeln und Schweinebraten. Und glauben Sie bloß nicht, dass sie reinlich sind. Im Gegenteil. Nehmen Sie mir's nicht übel, aber die verunreinigen alles. Und dann sollten Sie sie mal exerzieren sehen, stundenlang, tagelang! Auf einem Felde kommen sie da zusammen und dann geht's los: vorwärts, rückwärts, hierhin, dorthin. Wenn die wenigstens das Feld bestellten, oder auf der Straße arbeiteten bei sich zu Haus. Aber nein, gnädige Frau, das Militär ist zu nichts nütze, und das arme Volk muss die Soldaten noch füttern, dafür, dass sie nichts weiter lernen, als andere Leute totschlagen. Ich bin nur eine alte Frau ohne Bildung, das ist richtig, aber wenn man so sieht, wie die sich abschinden und da rumlatschen von früh bis abends, da sage ich mir doch: es gibt doch so viel Menschen, die Entdeckungen machen, um was zu nützen, muss es denn auch welche geben, die sich so abrackern, um Schaden anzustiften? Ist es denn nicht wirklich eine Gemeinheit, die Leute totzuschießen, ob sie nun Preußen oder Engländer, Polen oder Franzosen sind? Wenn man sich an jemand rächt, der einem was Böses getan, so tut man unrecht, da man doch deswegen bestraft wird. Aber wenn man unsere Jungen mit dem Gewehr wegputzt, wie so 'nen Hasen auf dem Felde, so ist das was Großes, denn der, der am meisten totschießt, kriegt doch 'nen Orden? Nee, sehen Sie, so was werde ich mein Lebtag nicht kapieren!

Cornudet erhob die Stimme:

– Der Krieg ist eine Barbarei, wenn man den friedlichen Nachbar überfällt, – aber er ist eine heilige Pflicht, wenn man das Vaterland verteidigt.

Die alte Frau senkte den Kopf:

– Ja, wenn man sich verteidigt, ist es was anderes. Aber wär's nicht viel besser, alle Könige totzumachen, die so was zu ihrem Vergnügen anstellen?

Cornudets Auge blitzte:

– Bravo, Genossin! – sagte er.

Herr Carré-Lamadon war in tiefen Gedanken. Obgleich er sich für die großen Feldherren begeisterte, ließ ihn der gesunde Menschenverstand dieser Bauersfrau an den Reichtum denken, der einem Lande zugutekommen könnte, durch so viele feiernde, folglich kostspielige, Kräfte, die unausgenutzt blieben, und die man heranziehen musste zu den größten gewerblichen Arbeiten, die zur Vollendung Jahrhunderte benötigten.

Aber Loiseau verließ seinen Platz, um leise mit dem Wirt zu sprechen. Der dicke Mann lachte, hustete, spuckte, sein mächtiger Leib hüpfte vor Freude bei den Witzen seines Nachbars. Und er kaufte ihm sechs Fass Bordeauxwein ab, fürs nächste Frühjahr, wenn die Preußen fort wären.

Als das Abendessen kaum beendigt war, gingen alle todmüde zu Bett.

Loiseau, der seine Beobachtungen gemacht hatte, ließ seine Frau zu Bett gehen und horchte dann an der Tür, oder blickte ab und zu durch das Schlüsselloch, um auszuspionieren, was er die »Geheimnisse des Korridors« nannte.

Nach etwa einer Stunde hörte er ein Rascheln, blickte schnell hinaus und gewahrte Dickchen, die in einem Schlafrock aus blauem Kaschmir mit weißen Spitzen noch molliger aussah. Sie trug einen Leuchter in der Hand und ging nach No. 0 am Ende des Ganges. Eine Tür daneben öffnete sich, und als sie nach ein paar Minuten zurückkehrte, folgte ihr Cornudet ohne Rock und Weste. Sie sprachen leise, blieben dann stehen. Dickchen schien den Eintritt in ihr Zimmer energisch zu verwehren. Unglücklicherweise hörte Loiseau nicht, was sie sagte, aber als sie dann lauter wurde, konnte er ein paar Brocken aufschnappen. Cornudet drang lebhaft auf sie ein:

– Ach was, das ist doch zu dumm, – was tut Ihnen denn das!

Sie schien empört zu sein und antwortete:

– Nein, mein Lieber. Es gibt Augenblicke, wo man so was nicht tut. Und hier wäre es eine Schande.

Er verstand sie offenbar nicht und fragte: warum? Da ward sie böse und sagte noch lauter:

– Warum? Sie begreifen nicht, warum? Wenn Preußen im Hause sind, – vielleicht im Nebenzimmer?

Er schwieg. Solche patriotische Scham einer Dirne, die sich in der Nähe des Feindes nicht liebkosen ließ, richtete wohl in seinem Herzen die schwankende Würde wieder an, denn er schlich sich, nachdem er sie nur geküsst, auf den Fußspitzen in sein Zimmer.

Loiseau war ganz aufgeregt, lief von der Tür fort, machte einen Satz durchs Zimmer, setzte seine Nachtmütze auf, hob die Decke empor, darunter seine wohlbeleibte Gattin lag, weckte sie mit einem Kuss und flüsterte ihr zu:

– Herzchen, hast Du mich lieb?

Nun versank das ganze Haus in Schweigen. Aber bald erhob sich irgendwo in unbestimmter Gegend, es konnte ebenso gut der Keller wie der Boden sein, ein mächtiges Schnarchen, eintönig, regelmäßig, ein dumpfes, andauerndes Geräusch, wie das Zittern eines Kessels unter Dampf: Herr Follenvie schlief. Da ausgemacht worden, sie wollten am anderen Morgen um acht Uhr abfahren, fanden sie sich alle in der Küche zusammen. Aber der Wagen, dessen Dach mit Schnee bedeckt war, stand einsam, mitten auf dem Hof ohne Pferde und ohne Kutscher. Man suchte vergeblich den Mann im Stall, auf dem Boden, in der Remise. Da entschlossen sich alle Männer, die Nachbarschaft abzusuchen, und gingen fort. Sie kamen auf den Marktplatz, mit der Kirche im Hintergrund und zwei Reihen niedriger Häuser auf beiden Seiten, in denen man preußische Soldaten gewahrte. Der erste, den sie entdeckten, schälte Kartoffeln, ein zweiter, ein Stück weiter, reinigte den Laden des Friseurs, ein anderer, bärtig bis an die Augen hinan, küsste ein kleines, heulendes Wurm, ließ es auf seinen Knien reiten, um es zu beruhigen. Und die dicken Bauernweiber, deren Männer im Felde standen, gaben durch Zeichen ihren gehorsamen Siegern zu verstehen, welche Arbeit sie verrichten sollten: Holz hacken, Suppe kochen, Kaffee mahlen. Einer von ihnen wusch sogar die Wäsche seiner Quartierwirtin, eines alten arbeitsunfähigen Weibes.

Der Graf war erstaunt und befragte den Küster, der aus dem Pfarrhaus kam. Die alte Kirchenratte antwortete:

– Ach, die sind gar nicht weiter böse. Das sollen auch, wie man sagt, gar keine Preußen sein. Die sind weiter her, ich weiß nicht von wo. Die haben alle Frau und Kind zu Haus. Wissen Sie, der Krieg, der macht ihnen weiter gar keinen Spaß. Ich denke, da bei denen zu Haus wird man auch um die Männer weinen, und das wird ein rechtes Elend bei ihnen sein, genau so wie bei uns. Hier ist man ja für den Augenblick noch gar nicht so unglücklich. Sie tun ja nichts Böses und sie arbeiten ja eigentlich, als ob sie zu Haus wären. Sehen Sie, mein Herr, arme Leute helfen sich untereinander ... Den Krieg machen nur die Großen.

Cornudet war empört über das gute Einvernehmen zwischen Sieger und Besiegten und zog sich zurück, da er lieber im Wirtshaus bleiben wollte.

Loiseau meinte scherzhaft:

– Sie bringen Leben in die Bude.

– Herr Carré-Lamadon sagte ernsthaft:

– Sie suchen ihr Unrecht wieder gut zu machen! Aber den Kutscher fanden sie nicht. Endlich entdeckten sie ihn im Café des Ortes, brüderlich zusammen mit dem Offiziersburschen am Tisch. Der Graf fragte:

– Hat man Ihnen denn nicht befohlen, um acht anzuspannen?

– Jawohl, aber seitdem habe ich Gegenbefehl bekommen.

– Was für einen?

– Überhaupt nicht anzuspannen.

– Wer hat Ihnen das befohlen?

– Nun, der preußische Befehlshaber.

– Warum?

– Ich weiß nicht. Fragen Sie ihn doch. Man hat mir verboten, anzuspannen. Ich spanne nicht an. Na also.

– Hat er es Ihnen selbst gesagt?

– Nein, Herr, er hat's mir durch den Wirt, sagen lassen.

– Wann denn?

– Gestern Abend, als ich zu Bett ging.

Die drei Herren kehrten beunruhigt heim.

Man fragte nach Herrn Follenvie. Aber die Kellnerin antwortete: Der Herr stünde wegen seines Asthmas nie vor zehn Uhr auf. Er hatte sogar ausdrücklich verboten, ihn früher zu wecken, es sei denn, es brenne.

Sie wollten den Offizier sprechen, aber das war ganz unmöglich, obgleich er im Wirtshaus wohnte. Nur Herr Follenvie durfte ihn sprechen in Privatangelegenheiten. So warteten sie also. Die Damen gingen wieder auf ihre Zimmer und beschäftigten sich mit allerlei Albernheiten.

Cornudet hatte sich am großen Herd in der Küche, in dem ein mächtiges Feuer brannte, häuslich eingerichtet. Er ließ sich dorthin einen der kleinen Tische aus dem Café bringen, ein Glas Bier und zog seine Pfeife hervor, die bei den Demokraten fast so berühmt war wie er selbst, als ob sie dem Vaterlande Dienste geleistet hätte, indem sie Cornudet diente. Es war eine prachtvolle Meerschaumpfeife, wunderschön angeraucht, schwarz wie die Zähne ihres Besitzers, aber riechend, schön geschwungen, glänzend, seine unzertrennliche Freundin, stets zur Hand und wie zu seinem Gesicht passend, und etwas so Gewohntes bei ihm, dass sie seine Erscheinung erst vervollkommnte. Er blieb unbeweglich sitzen, die Augen bald auf die Feuerglut gerichtet, bald auf den Schaum auf seinem Bier, und jedes Mal wenn er getrunken hatte, strich er sich mit den langen, mageren Fingern durch die langen, fettigen Haare, während er den am Bart hängenden Schaum einschlürfte.

Loiseau ging, unter dem Vorwand, sich die Beine vertreten zu wollen, um im Ort seinen Wein an den Mann zu bringen. Der Graf und der Fabrikant sprachen über Politik: Sie prophezeiten die Zukunft Frankreichs. Der eine glaubte an die Orleans, der andere an einen unbekannten Retter, einen Helden, der erscheinen würde, wenn alles der Verzweiflung nahe war: vielleicht ein Du Guesclin oder eine Jeanne d'Arc? Oder ein zweiter Napelon I.? Ach, wenn der kaiserliche Prinz nicht so jung wäre! Cornudet hörte ihnen lächelnd zu, wie jemand, der genau weiß, was da kommen wird. Seine Pfeife verstänkerte die ganze Küche.

Als es zehn Uhr schlug, erschien Herr Follenvie. Man befragte ihn sofort, aber er konnte nur zwei, drei Mal dasselbe wiederholen: – Der Offizier hat mir Folgendes gesagt: »Herr Follenvie, Sie werden verbieten, dass man morgen früh den Wagen der Reisenden anspannt. Ich will nicht, dass sie ohne meinen Befehl abreisen. Sie haben's gehört. Das genügt.«

Nun wollten sie den Offizier sprechen. Der Graf schickte ihm seine Karte, auf die Herr Carré-Lamadon seinen Namen schrieb mit allen seinen Titeln. Der Preuße ließ antworten, er würde diese beiden Herren empfangen, sobald er gefrühstückt hätte, das heißt gegen ein Uhr.

Die Damen erschienen wieder, und man aß etwas, trotz der Aufregung.

Dickchen sah krank und seltsam verstört aus.

Man trank eben den Kaffee, als der Bursche die Herren holte.

Loiseau schloss sich an. Aber als sie versuchten auch Cornudet zu bewegen mitzugehen, um dem Schritt mehr Feierlichkeit zu geben, erklärte er stolz, er beabsichtige nicht mit den Deutschen jemals in irgendwelche Verbindung zu treten, setzte sich wieder an den Kamin und bestellte ein neues Glas Bier.

Die drei Herren gingen hinauf und wurden in das schönste Zimmer des Wirtshauses geführt, wo der Offizier sie empfing. Er lag in einem Lehnstuhl, die Füße auf dem Kamin, rauchte eine lange Porzellanpfeife und war in einen farbenleuchtenden Schlafrock gehüllt, den er, wahrscheinlich irgendwo aus der verlassenen Wohnung eines Mannes von schlechtem Geschmack, mitgenommen. Er erhob sich nicht, grüßte nicht, blickte sie gar nicht an: ein köstliches Beispiel für die Rohheit, mit der sich siegreiche Soldaten benehmen.

Nach ein paar Augenblicken sagte er endlich:

– Was wollen Sie?

Der Graf nahm das Wort:

– Wir möchten weiterreisen, mein Herr.

– Nein.

– Darf ich mir erlauben zu fragen, warum nicht?

– Weil ich nicht will.

– Ich gestatte nur höflichst zu bemerken, Ihr kommandierender General uns die Erlaubnis zur Abreise gegeben hat, um nach Dieppe zu fahren; und ich denke, wir haben nichts getan, um Ihre strengen Maßregeln zu verdienen.

– Ich will nicht. Das ist alles. ... Sie können nun gehen.

Alle drei verbeugten sich und zogen sich zurück.

Der Nachmittag war trostlos. Man verstand diese Launen des Deutschen nicht, und die absonderlichsten Gedanken beunruhigten sie. Sie blieben alle in der Küche und hörten nicht auf sich zu besprechen und sich die unmöglichsten Sachen einzureden. Vielleicht wollte man sie als Geiseln behalten, aber zu welchem Zweck? Oder sie etwa gefangen nehmen, oder am Ende gar ein hohes Lösegeld verlangen? Bei diesem Gedanken überfiel sie ein panischer Schrecken. Die Reichsten waren am meisten entsetzt und sahen sich schon, um ihr Leben zu retten, gezwungen, ganze Säcke voll Gold in die Hände dieses unverschämten Soldaten zu legen. Sie zerbrachen sich den Kopf, um annehmbare Ausreden zu finden, ihren Reichtum zu verbergen, sich für arm auszugeben, für sehr arm. Loiseau machte seine goldene Uhrkette los und steckte sie in die Tasche. Die einbrechende Dunkelheit erhöhte ihre Besorgnis. Die Lampe wurde angezündet, und da bis zum Essen noch zwei Stunden Zeit war, schlug Frau Loiseau eine Partie trente et un vor. Das wäre doch eine Zerstreuung. Man stimmte zu. Sogar Cornudet, der aus Anstand seine Pfeife hatte ausgehen lassen, nahm Teil.

Der Graf mischte, gab Karten: Dickchen hatte auf einen Schlag einunddreißig; und bald beruhigte das Interesse am Spiel die Angst, die in den Köpfen spukte. Aber Cornubet merkte, dass das Ehepaar Loiseau anfing zu mogeln.

Als man sich zu Tisch setzen wollte, erschien Herr Follenvie und verkündete mit seiner verschleimten Stimme:

– Der preußische Offizier lässt Fräulein Elisabeth Rousset fragen, ob sie noch nicht anderer Meinung geworden wäre.

Dickchen stand totenbleich da, dann wurde sie plötzlich dunkelrot und es überkam sie ein solcher Wutanfall, dass sie nicht mehr sprechen konnte. Endlich platzte sie heraus:

– Sagen Sie diesem Lumpen, diesem Dreckfinken, diesem preußischen Luder, dass ich niemals ja sagen würde. Hören Sie, niemals, niemals, niemals!

Der dicke Wirt ging hinaus. Da wurde Dickchen umringt, befragt, belagert von allen, um das Rätsel zu enthüllen. Zuerst wollte sie nicht, aber bald riss sie die Verzweiflung fort.

– Was er will? Was er will? Er will bei mir schlafen, – schrie sie. Niemand stieß sich an das Wort, so groß war die Empörung. Cornudet stampfte mit dem Glas auf den Tisch, dass es zerbrach. Ein allgemeiner Entrüstungsschrei gegen diesen gemeinen Kriegsknecht entrang sich ihnen, ein Sturm der Empörung. Und alle waren eins im Widerstand, als ob jedem einzelnen ein Teil des Opfers abverlangt würde, das sie bringen sollte. Der Graf erklärte mit Ekel, dass diese Leute sich aufführten wie die alten Barbaren. Besonders die Damen bezeugten Dickchen nachdrücklich und liebevoll ihr Mitgefühl. Die barmherzigen Schwestern, die nur zu den Mahlzeiten erschienen, hatten den Kopf gesenkt und schwiegen.

Trotzdem aß man, nachdem der erste Zorn verraucht war. Aber es wurde wenig gesprochen, man überließ sich seinen Gedanken.

Die Damen zogen sich zeitig zurück und die Herren setzten sich rauchend zum Ecarté, zu dem auch Herr Follenvie aufgefordert wurde, weil man ihn geschickt aushorchen wollte über etwaige Mittel, den Widerstand des Offiziers zu brechen. Aber er dachte nur an seine Karten, hörte nicht zu, antwortete nicht und wiederholte unausgesetzt:

– Ans Spiel meine Herren, ans Spiel. Geben Sie, meine Herren! Karten geben, meine Herren!

Seine Aufmerksamkeit war so angespannt, dass er ganz vergaß auszuspucken, sodass es ihm manchmal in der Kehle sitzen blieb. Seine pfeifenden Lungen ließen alle Geräusche des Asthmas hören, von den tiefen Orgeltönen bis zu den hohen, heiseren Lauten wie ein junger Hahn, der krähen will.

Als seine Frau, die todmüde war, kam, um ihn abzuholen, weigerte er sich zu Bett zu gehen. Da ging sie allein fort, denn sie war für den Morgen, stand mit Sonnenaufgang auf, während ihr Mann mehr für den Abend war, immer bereit, die Nacht mit seinen Freunden zuzubringen. Er rief ihr zu:

– Stell nur mein Emser Krähnchen ans Feuer, – und begann wieder zu spielen. Als man merkte, dass man aus Follenvie doch nichts herausbringen konnte, erklärte man, es sei Zeit aufzubrechen, und alle gingen zu Bett.

Ziemlich zeitig standen sie am anderen Morgen auf, mit der unbestimmten Hoffnung, dem wachsenden Wunsch, abzureisen und entsetzt bei dem Gedanken, den Tag wieder in diesem fürchterlichen kleinen Wirtshaus zubringen zu sollen.

Aber ach, die Pferde blieben wieder im Stall stehen, und der Kutscher tauchte nicht auf. Da sie nichts zu tun hatten, liefen sie um den Wagen herum.

Das Frühstück verlief recht traurig, und Dickchen gegenüber war eine Abkühlung eingetreten, denn über Nacht war Rat gekommen, und sie urteilten nun ein wenig anders. Jetzt verdachten sie es beinah dem Mädchen, dass sie nicht im Stillen den Preußen aufgesucht hatte, um beim Erwachen ihren Reisegefährten eine angenehme Überraschung zu bieten. Was gab es Einfacheres, und wer hätte es denn gemerkt? Sie hätte den Schein wahren können, indem sie dem Offizier sagen ließ, dass sie es aus Mitleid für die anderen täte. Für sie war das doch weiter nichts Schlimmes.

Aber noch wagte niemand, solche Gedanken auszusprechen.

Nachmittags, als man sich zum Sterben langweilte, schlug der Graf vor, einen Spaziergang in die Umgegend des Dorfes zu unternehmen. Sie vermummten sich alle so sehr sie nur konnten, und mit Ausnahme von Cornudet, der am Feuer sitzen blieb, und der Schwestern, die den Tag in der Kirche oder beim Herrn Pfarrer verbrachten, machte sich die kleine Gesellschaft auf den Weg.

Die Kälte war von Tag zu Tag heftiger geworden und traf eisig Nase und Ohren. Die Füße begannen zu schmerzen, sodass jeder Schritt zur Qual wurde; und als sich die Felder vor ihnen auftaten, erschienen sie ihnen so traurig in dem unendlichen Weiß, dass sie alle lieber umkehren wollten, einen eisigen Hauch in der Seele und mit zusammengekrampftem Herzen.

Die vier Damen gingen voran, die drei Herren folgten ein Stück hinterdrein.

Loiseau fragte plötzlich, ob denn dieses Frauenzimmer da, sie noch länger in dem verfluchten Nest festhalten dürfte. Der Graf, der immer artig war, meinte, ein solches peinliches Opfer könnte man von einem Mädchen nicht verlangen, es müsse von ihr selbst kommen. Herr Carré-Lamadon behauptete, dass, wenn die Franzosen, wie es hieß, wieder eine Offensivbewegung auf Dieppe im Sinne hätten, der Zusammenstoß nur in Tôtes stattfinden könnte. Diese Betrachtung machte die beiden anderen nachdenklich.

– Wenn wir nun zu Fuß ausrissen? – sagte Loiseau. Der Graf zuckte die Achseln:

– Ist daran überhaupt zu denken, bei diesem Schnee, mit unseren Damen? Und dann würde man uns sofort verfolgen, nach zehn Minuten einholen, gefangen zurückbringen und als Gefangener der Gnade der Soldaten überantworten. – Er hatte recht und man schwieg.

Die Damen sprachen über Kleider. Aber in ihrer schlechten Stimmung kam es zu keiner rechten Unterhaltung.

Plötzlich erschien am anderen Ende der Straße der Offizier. Von dem Schnee, der den Horizont abschloss, hob sich seine hohe Wespentaille in Uniform ab. Er schritt dahin mit auseinandergespreizten Knien, mit jener eigenen Bewegung der Soldaten, die ihre sorgsam gewichsten Stiefel nicht beschmutzen wollen.

Er grüßte, als er an den Damen vorüberkam, und blickte die Herren verächtlich an, die übrigens Haltung genug bewahrten, nicht zu grüßen, obgleich Loiseau schon eine Bewegung machte, um den Hut abzunehmen.

Dickchen war rot geworden bis über die Ohren, und die drei verheirateten Frauen fühlten sich sehr gedemütigt, von dem Offizier in Gesellschaft des Mädchens gesehen worden zu sein, das er so rücksichtslos behandelt hatte.

Dann sprach man von ihm, von seiner Haltung, von seinem Gesicht. Frau Carré-Lamadon, die viele Offiziere gekannt hatte und sie als Kenner beurteilte, fand ihn wirklich gar nicht übel. Sie bedauerte sogar, dass er nicht Franzose wäre; denn er hatte gewiss einen riesig feschen Husaren abgegeben, dem alle Weiber nachgelaufen wären.

Als sie wieder heimgekehrt waren, wussten sie nicht mehr, was sie anfangen sollten. Über Kleinigkeiten fielen sogar scharfe Worte. Das schweigend eingenommene Mahl war kurz, und jeder ging hinauf zu Bett, in der Hoffnung, mit Schlafen die Zeit zu töten.

Am nächsten Morgen kamen sie mit müden Gesichtern und ganz verzweifelt wieder herunter. Die Damen sprachen kaum mit Dickchen.

Die Glocken läuteten. Es war wegen einer Taufe. Das dicke Mädchen hatte ein Kind, das bei Bauern in Yvetot aufgezogen wurde. Sie sah es nicht einmal im Jahr und dachte nie daran. Aber der Gedanke an den Täufling flößte ihr plötzliche, heftige Zärtlichkeit für ihr Kind ein, und sie wollte durchaus der heiligen Handlung beiwohnen.

Sobald sie fortgegangen war, blickten sich alle an; dann rückte man die Stühle einander näher, denn man fühlte, eine Entscheidung musste getroffen werden.

Loiseau hatte eine Erleuchtung. Er meinte, man sollte dem Offizier vorschlagen, Dickchen allein zurückzubehalten und die anderen Weiterreisen lassen.

Herr Follenvie übernahm die Botschaft, aber er kam fast augenblicklich wieder herunter. Der Deutsche, der die Menschen kannte, hatte ihm die Tür gewiesen, mit der Versicherung alle zurückzuhalten, solange sein Wunsch nicht erfüllt würde.

Da kam Frau Loiseaus pöbelhafte Natur zum Durchbruch:

– Wir können doch hier nicht vor Altersschwäche sterben! Da es nun einmal der Beruf von dem Frauenzimmer ist, sich mit allen Männern einzulassen, finde ich, hat sie gar kein Recht, diesen oder jenen zurückzuweisen. Ich bitte Sie, die hat in Rouen genommen, wen sie nur gekriegt hat, Kutscher sogar. Ja, gnädige Frau, den Kutscher des Präfekten. Ich weiß es ganz bestimmt, – er kauft bei uns seinen Wein. Und heute, wo sie uns aus der Verlegenheit ziehen könnte, ziert sie sich. So 'ne Rotznase. Ich finde, der Offizier benimmt sich sehr richtig. Der muss vielleicht schon lange fasten, und eine von uns drei hätte er sicher vorgezogen. Aber er begnügt sich mit diesem öffentlichen Mädchen. Er hat Achtung vor verheirateten Frauen. Denken Sie doch nur, er ist hier der Herr und braucht nur zu sagen, ich will, und könnte uns allen Gewalt antun mit seinen Soldaten.

Es überlief die beiden Frauen. Die Augen der hübschen Frau Carré-Lamadon glänzten, sie war etwas bleich geworden, als hätte sie der Offizier bereits vergewaltigt.

Die Herren, die in einer Ecke redeten, kamen wieder näher. Loiseau war wütend und wollte »dieses Jammerstück« mit gebundenen Händen und Füßen dem Feinde überantworten. Aber der Graf, Abkömmling aus drei Generationen von Botschaftern, und immer Diplomat, war mehr für geschickte Behandlung der Angelegenheit.

– Man müsste sie überreden, – sagte er.

Da wurde Rat gehalten.

Die Damen steckten die Köpfe zusammen, die Stimmen wurden gedämpft, sie sprachen noch leiser, und endlich wurde die Unterhaltung allgemein: Jeder sagte seine Ansicht. Übrigens blieb man durchaus anständig. Die Damen fanden die zartesten Umschreibungen, die feinsten Ausdrücke, um die gewagtesten Dinge zu sagen. Ein Unbeteiligter hätte nichts davon verstanden, so wurde das Äußere gewahrt. Aber da die leichte Schicht Scham bei jeder Dame der Welt nur eben die Oberfläche bedeckt, so erheiterten sie sich sehr bei diesem zweifelhaften Abenteuer, amüsierten sich eigentlich königlich, fühlten sich ganz in ihrem Element, schwatzten über die Liebe mit der Aufregung eines gefräßigen Kochs, der für einen anderen eine gute Mahlzeit bereitet.

Die Fröhlichkeit kehrte von selbst wieder, je komischer ihnen schließlich die Geschichte vorkam. Der Graf machte ein paar gewagte Witze, die aber doch so gut waren, dass man lächelte. Und nun ließ auch Loiseau ein paar schlüpfrige Zötchen vom Stapel, die gleichfalls nicht verletzten. Und der Gedanke, den seine Frau in roher Weise ausgedrückt, beherrschte alle: Es ist nun mal ihr Beruf, warum soll sie den nehmen und jenen nicht? Die reizende Frau Carré-Lamadon schien sogar zu denken, an Dickchens Stelle würde sie vielleicht gerade den weniger ablehnen als einen andern.

Die Belagerungsarbeiten wurden wie bei einer umzingelten Festung langsam vorbereitet. Jeder stellte die Rolle fest, die er zu spielen hätte, die Gründe, seine Haltung zu stützen, alles, was er tun müsste. Der Angriffsplan wurde festgesetzt, alle zu benutzenden Listen besprochen wie die möglichen Überraschungen beim Angriff, um diese lebende Feste zu zwingen, den Feind eindringen zu lassen in den belagerten Platz.

Doch Cornudet blieb seitwärts sitzen, als ginge ihn die ganze Geschichte nichts an.

Sie waren alle so vertieft, dass sie gar nicht merkten, wie Dickchen eintrat. Der Graf machte leise »Scht«, sodass alle aufblickten.

Sie war da. Man schwieg plötzlich, und in einem gewissen Gefühl der Verlegenheit redete sie zuerst auch niemand an. Endlich fragte sie die Gräfin, geschmeidiger als die anderen in der Doppelzüngigkeit der Gesellschaft:

– War die Taufe nett? Das dicke Mädchen war noch ganz bewegt und erzählte alles. Wie die Leute ausgesehen, was geschehen, sogar wie die Kirche gewesen und schloss:

– Es tut so gut, manchmal zu beten.

Bis zum Frühstück begnügten sich die Damen liebenswürdig gegen sie zu sein, um sie in ihrem Vertrauen zu bestärken und sie ihren Ratschlägen gefügiger zu machen.

Sofort bei Tisch begannen die Plänkeleien. Zuerst wurden allgemeine Gespräche geführt über Hingebungen.

Beispiele aus dem Altertume wurden genannt: Judith und Holofernes; dann ohne irgendwelchen vernünftigen Grund Lucretia und Sextus, Cleopatra, über deren Lager sämtliche feindlichen Generäle geschritten, und die sie auf demselben zu sklavischem Gehorsam gezwungen. Nun entwickelte sich eine phantastische Geschichte, die der Einbildungskraft dieser unwissenden Millionäre entsprungen, in der Römerinnen in Capua Hannibal in ihren Armen einschläferten und mit ihm zugleich seine Offiziere und seine Legionen. Alle Frauen wurden angeführt, die Eroberer in Fesseln geschlagen und aus ihrem Leib ein Schlachtfeld gemacht haben, ein Mittel zu herrschen, eine Waffe; alle, die durch ihre heldenhaften Liebkosungen verhasste und entsetzliche Wesen überwanden, dem Rachegedanken ihre Keuschheit opferten und sich hingaben.

Man sprach sogar in versteckten Anspielungen von jener Engländerin aus hoher Familie, die sich eine fürchterliche ansteckende Krankheit hatte einimpfen lassen, um sie auf Bonaparte zu übertragen, der nur wie durch ein Wunder, durch eine plötzliche Schwäche zur Stunde des gefährlichen Stelldicheins, gerettet worden.

Und alles das ward in sehr anständiger und gemilderter Form erzählt; ab und zu brach eine Begeisterung durch, die beabsichtigen sollte, zum Weitererzählen zu animieren. Man hätte schließlich glauben können, dass die einzige Bestimmung der Frau hienieden eine stete Aufopferung ihrer Person und eine unausgesetzte Fügsamkeit den Launen der Soldaten gegenüber sei.

Die beiden barmherzigen Schwestern schienen nichts zu hören, in tiefen Gedanken versunken. Dickchen sagte nichts.

Den ganzen Nachmittag hindurch ließ man sie nachdenken. Aber statt sie »Fräulein« zu nennen, wie man es bisher getan, nannte man sie einfach »Sie«, ohne dass jemand wusste, warum, als hätte man sie eine Stufe in der allgemeinen Achtung, die sie erworben, wieder niedersteigen lassen wollen, um sie ihre schmachvolle Lage fühlen zu lassen.

Als die Suppe kam, erschien Herr Follenvie mit der stehenden Redensart: Der preußische Offizier lässt Fräulein Elisabeth Rousset fragen, ob sie noch nicht anderer Meinung geworden wäre. – Dickchen antwortete trocken:

– Nein!

Aber bei Tisch lockerte sich das Bündnis. Loiseau machte dreimal unglückliche Redensarten. Alle quälten sich, um neue Beispiele zu entdecken, fanden aber nichts. Da befragte die Gräfin, vielleicht ohne Absicht, indem sie ein unbestimmtes Bedürfnis empfand, der Religion ihren Kratzfuß zu machen, die ältere der beiden Nonnen über die großen Taten der Heiligen. Gewiss hatten sie vieles getan, was in unseren Augen ein Verbrechen sein würde. Aber die Kirche vergibt Sünden, wenn sie zur Ehre Gottes oder zum Wohl des Nächsten begangen sind. Das war ein gewaltiges Beweismittel, und die Gräfin nützte es sofort aus. Und, sei es nun die stillschweigende Übereinkunft oder das verschleierte Wohlgefallen, die alle, die ein geistlich Kleid tragen, auszeichnen, sei es einfach als Ausfluss eines glücklichen Mangels an Nachdenken, einer unrettbaren Dummheit, kurz die alte Nonne kam der Verschwörung gewaltig zu Hilfe. Man meinte, sie wäre verlegen, aber sie zeigte sich kühn, bösartig und heftig. Sie ließ sich nicht beirren durch Zweifel in Gewissensfragen. Ihre Doktrin war fest wie Eisen, ihr Glaube irrte nie, ihr Gewissen kannte keinen Zweifel. Sie fand das Abraham-Opfer ganz natürlich, sie hätte sofort Vater und Mutter getötet auf einen Befehl von oben. Und nach ihrer Ansicht konnte, wenn nur die Absicht lobenswert war, nichts Gott erzürnen. Die Gräfin benutzte die heilige Autorität der unerwarteten Bundesgenossin und ließ sie eine erbauliche Verherrlichung des Moralsatzes zum besten geben: Der Zweck heiligt die Mittel.

Sie fragte:

– Sie meinen also, meine Schwester, dass Gott alle Mittel gutheißt und die Tat vergibt, wenn nur der Beweggrund rein ist?

– Wer wollte daran zweifeln, Frau Gräfin? Eine an und für sich böse Tat wird oft verdienstvoll durch den Gedanken, der in ihr lebt.

Und so fuhren sie fort, Gottes Mittel und Wege auseinanderzusetzen, seine Ratschlüsse vorauszusehen, indem sie ihn in Dinge zogen, die ihn wirklich nichts angingen.

All das war umschrieben, geschickt, maßvoll. Aber jedes Wort der Nonne schlug eine Bresche in den empörten Widerstand der Prostituierten. Dann wendete sich die Unterhaltung etwas, und die mit dem herabhängenden Rosenkranz sprach von allerlei Häusern ihres Ordens, von ihrer Oberin, von sich selbst, von ihrer kleinen Nachbarin, der anderen lieben Schwester. Man hatte sie nach Havre gerufen, um in den Hospitälern hunderte von blatternkranken Soldaten zu pflegen. Sie malte das Bild dieser Unglücklichen aus, erzählte von ihrer furchtbaren Krankheit. Und während sie hier unterwegs durch die Laune dieses Preußen festgehalten wurden, konnten eine Menge Franzosen sterben, die sie sonst vielleicht gerettet hätten. Es war gerade ihre Spezialität, Soldaten zu pflegen. Sie war in der Krim gewesen, in Italien, in Österreich, und wie sie von ihren Feldzügen erzählte, war sie der Typus jener barmherzigen Schwestern mit Pfeifen und Trommeln, die eigens dazu geboren scheinen, im Lager zu leben, in wilder Schlacht die Verwundeten aufzulesen und besser als jeder Vorgesetzte mit einem Wort undisziplinierte Horden zu bändigen. Die richtige Trara-Bumbum-Schwester, deren entstelltes von unzähligen Löchern durchsiebtes Gesicht den Verwüstungen des Krieges glich.

Nach ihr nahm keiner mehr das Wort, so tiefen Eindruck hatte ihre Rede gemacht.

Sobald die Mahlzeit beendet war, zogen alle sich schnell auf ihre Zimmer zurück, um erst ziemlich spät am anderen Morgen zu erscheinen.

Das Frühstück verlief still. Man gab der Saat, die gestern ausgestreut worden, Zeit, zu keimen, Früchte zu treiben.

Die Gräfin schlug vor, nachmittags einen Spaziergang zu unternehmen. Dabei nahm der Graf, wie es verabredet worden, Dickchen beim Arm und blieb mit ihr hinter den anderen ein Stück zurück.

Er sprach zu ihr in jenem väterlich, familiären, etwas überhebenden Ton, den Leute von Rang und Würden einem solchen Mädchen, gegenüber anschlagen, nannte sie »mein liebes Kind« und behandelte sie von der Höhe seiner sozialen Stellung, seiner unbestrittenen Ehrbarkeit herab. Er kam sofort zum Punkt, um den es sich handelte.

– Sie ziehen also vor, uns hier sitzen zu lassen, wie sich selbst allen Misshandlungen auszusetzen, die etwa einer Niederlage der Preußen folgen müssen. Und das alles eher, als in einen jener Liebesdienste einzuwilligen, den Sie so oft in Ihrem Leben gestattet haben.

Dickchen antwortete nicht.

Da versuchte er es mit Weichheit, mit Vernunftgründen, mit Gefühl. Er verstand es, ganz der Herr Graf zu bleiben, während er sich doch, wenn es nötig war, galant zeigte, ihr Artigkeiten sagte, kurz sehr liebenswürdig war. Er übertrieb den Dienst, den sie ihnen erweisen würde, sprach von ihrer Dankbarkeit, dann duzte er sie plötzlich im Spaß:

– Und weißt Du, meine Liebe, dann könnte er doch damit dicketun, hier ein so schönes Mädchen entdeckt zu haben, wie es bei ihm zu Haus überhaupt keine gibt!

Dickchen antwortete nicht und holte die Gesellschaft wieder ein.

Als sie heimgekehrt waren, ging sie auf ihr Zimmer und erschien nicht wieder. Die Unruhe war auf das Äußerste gestiegen. Was würde sie tun? Welch Unglück, wenn sie immer noch widerstand!

Die Essensstunde kam. Man erwartete sie vergebens. Da trat Herr Follenvie ein und sagte, Fräulein Rousset fühle sich unwohl, man möchte sich immer zu Tisch setzen. Sie horchten auf, der Graf näherte sich dem Wirt und fragte leise:

– Ists so weit?

– Jawohl.

Anstandshalber sagte er den Reisegefährten nichts davon, er gab ihnen nur ein leises Zeichen mit dem Kopf. Sofort entrang sich allen ein Seufzer der Erleichterung, und die Freude erhellte alle Gesichter. Loiseau rief:

– Donnerwetter noch mal, ich schmeiße gleich ein paar Pullen Sekt, wenn's welchen gibt!

Und Frau Loiseaus Herz krampfte sich zusammen, als sie den Wirt kurz darauf mit vier Flaschen ankommen sah. Mit einem Male waren alle mitteilsam und laut geworden; ein Jubel ergriff sie alle. Der Graf schien zu entdecken, dass Frau Carré-Lamadon reizend sei, und der Fabrikant machte der Gräfin den Hof. Die Unterhaltung wurde lebhaft, fidel und angeregt.

Plötzlich stöhnte Loiseau mit ängstlichem Gesicht, indem er die Arme hob:

– Ruhe!

Alle schwiegen erstaunt, beinah erschrocken. Da fing er an zu lauschen, machte mit beiden Händen das Zeichen, sie sollten ruhig sein, blickte zur Decke empor, lauschte von Neuem und sagte dann in seinem natürlichen Ton:

– Seien Sie ganz ohne Sorge, meine Herrschaften, alles geht gut.

Man wollte zuerst nicht verstehen, aber dann lächelte man.

Nach einer Viertelstunde begann er dieselbe Komödie noch einmal und wiederholte sie noch öfters während des Abends. Er tat, als unterhielte er sich mit jemand im Stock über ihnen und gäbe ihm doppelsinnige Ratschläge, richtige Scherze eines Weinreisenden. Ab und zu nahm er eine ganz traurige Miene an und seufzte: »Armes Ding« oder er brummte mit wütendem Ausdruck zwischen den Zähnen: »Verfluchter Preuße!« Ab und zu, wenn man nicht mehr daran dachte, rief er ein paar Mal klagend: »Genug, genug!« und fügte hinzu als spräche er mit sich selbst: »Wenn wir sie nur überhaupt wiedersehen. Wenn er sie nur nicht totmacht, der Schuft!«

Obgleich diese Scherze von zweifelhaftem Geschmack waren, amüsierten sie doch die Gesellschaft und verletzten niemand, denn die Empfindlichkeit richtet sich nach der Umgebung, in der man sich befindet und die Luft um sie herum war allmählich geladen mit Schlüpfrigkeiten.

Beim Dessert machten sogar die Damen versteckte, witzige Anspielungen. Die Augen leuchteten; es war viel getrunken worden. Der Graf, der, selbst wenn er sich gehen ließ, noch seine gewisse großartige Würde behielt, stellte einen sehr beifällig aufgenommenen Vergleich an zwischen einer Überwinterung am Nordpol und der Freude der Schiffbrüchigen, die einen Weg nach Süden sich öffnen sehen.

Loiseau war ganz des Teufels. Er sprang auf, ein Glas Champagner in der Hand, und rief:

– Ich trinke auf unsere Befreiung! – Alle erhoben sich, man rief ihm zu; die beiden barmherzigen Schwestern sogar ließen sich durch die Damen bereden, ihre Lippen mit dem moussierenden Wein, den sie noch nie getrunken, zu netzen. Sie erklärten, er schmecke ähnlich wie Brauselimonade, wäre aber doch etwas feiner.

Loiseau gab der Stimmung Ausdruck:

– 's ist schade, dass wir kein Klavier hier haben, sonst könnten wir eine Quadrille tanzen.

Cornudet hatte kein Wort gesagt, keine Bewegung gemacht, er schien sogar tief in sehr ernste Gedanken versunken und strich ab und zu mit wütender Gebärde seinen großen Bart, als wollte er ihn noch mehr in die Länge ziehen. Endlich, als man sich gegen Mitternacht trennen wollte, klopfte ihm Loiseau, der bereits hin und her schwankte, auf den Bauch und rief ihm zu:

– Sie sind zum Totschreien heute Abend. Sie reden ja keinen Ton, Verehrtester.

Aber Cornudet hob kurz den Kopf auf, überlief die Gesellschaft mit einem durchbohrenden und drohenden Blick:

– Ich sage Ihnen allen, Sie begehen da eine Gemeinheit. – Er erhob sich, ging nach der Tür, wiederholte noch einmal:

– Eine Gemeinheit! – und verschwand. Das war ein kalter Wasserstrahl. Loiseau wurde befragt aber er wusste auch nichts. Doch er gewann schnell seine Stimmung wieder, wand sich plötzlich vor Lachen und rief:

– Die sauren Trauben, mein Alter, die sauren Trauben! – Da die andern nicht verstanden, erzählte er die »Geheimnisse des Korridors«. Da brach ein Sturm der Heiterkeit los. Die Damen waren wie verrückt. Der Graf und Herr Carré-Lamadon weinten vor Lachen; sie konnten es gar nicht glauben.

– Was? Sind Sie dessen gewiss, er wollte ...

– Ich sage Ihnen doch, ich habe es gesehen.

– Und sie wollte nicht?

– Weil der Preuße im Zimmer nebenan war.

– Nicht möglich!

– Ich kann's beschwören.

Der Graf erstickte vor Lachen, der Industrielle hielt sich den Leib mit beiden Händen. Loiseau fuhr fort:

– Und nun können Sie doch begreifen, dass er heute Abend nichts von ihr wissen will.

Und die drei begannen wieder, hustend, außer Atem, nur so zu prusten.

Nun trennte man sich. Aber Frau Loiseau, die eine etwas scharfe Zunge hatte, machte ihren Mann darauf aufmerksam, als sie zu Bett gingen, dass dieses Ekel, die kleine Carré-Lamadon den ganzen Abend verprellt gewesen sei.

– Weißt Du, wenn die Frauenzimmer mal fürs Militär sind, ist's ihnen ganz wurst, ob es ein Franzose oder ein Preuße ist. 's ist wirklich der reine Jammer.

Und die ganze Nacht hindurch hörte man etwas wie ein Knistern im Korridor, ein leises Geräusch, kaum vernehmlich, nur wie ein Hauch, wie ein Schleichen in bloßen Füßen, ein leises Knacken. Und sehr spät erst schlief man ein, denn unter den Türen hindurch fiel noch lange Lichtschein auf den Gang hinaus. Das kam vom Sekt. Er stört, wie man sagt, den Schlaf.

Am nächsten Morgen blendete der Schnee unter hellem Sonnenschein. Der Stellwagen wartete endlich angespannt vor der Tür, während ein ganzer Schwarm weißer Tauben, aufgebläht in ihrem Federkleide, mit rosigen Augen, in deren Mitte ein schwarzer Klecks saß, wichtig zwischen den Beinen der sechs Pferde hin und her lief und aus dem rauchenden Pferdemist ihren Lebensunterhalt suchten.

Der Kutscher saß in seinem Schafpelz auf dem Bock, schmauchte ein Pfeifchen, und die glückseligen Reisenden ließen schnell Vorräte für den Rest der Reise einpacken.

Man wartete nur noch auf Dickchen. Sie erschien.

Sie schien ein wenig verlegen, beschämt; und schüchtern näherte sie sich den Reisegefährten, die sich alle gleichzeitig von ihr abwendeten, als hätten sie sie nicht bemerkt. Der Graf bot voller Würde seiner Frau den Arm und entfernte sie aus der unreinen Nähe.

Das dicke Mädchen blieb baff stehen. Dann nahm sie allen Mut zusammen und redete die Fabrikantengattin mit einem »Guten Morgen, gnädige Frau«, das sehr demütig gemurmelt hervorkam, an. Die andere nickte nur unverschämt ein wenig, mit dem Ausdruck beleidigter Tugend. Alle schienen beschäftigt, und man hielt sich von ihr fern, als ob sie eine ansteckende Krankheit mitgebracht. Dann stürzten sie zum Wagen; sie kam als letzte und nahm schweigend den Platz ein, den sie auf der Herfahrt innegehabt hatte.

Man schien sie nicht zu bemerken, sie nicht zu kennen. Aber Frau Loiseau, die sie von Weitem, entrüstet betrachtete, sagte halblaut zu ihrem Mann:

– Na, Gott sei Dank, sitze ich nicht neben ihr.

Der schwere Wagen setzte sich in Bewegung, und die Reise begann.

Zuerst wurde nichts gesprochen. Dickchen wagte nicht, die Augen aufzuschlagen. Sie war zu gleicher Zeit empört gegen ihre Nachbarn und fühlte sich gedemütigt, nachgegeben zu haben, entehrt durch die Küsse dieses Preußen, in dessen Arme man sie in heuchlerischer Weise getrieben.

Aber die Gräfin unterbrach bald das peinliche Schweigen, indem sie sich an Frau Carré-Lamadon wandte:

– Sie kennen, glaube ich, auch Frau von Etrelles?

– Ja, ich bin mit ihr befreundet.

– Ist das nicht eine reizende Frau?

– Ja, reizend! Ein wirklich gesegnetes Menschenkind. Hat übrigens sehr viel gelernt und ist Künstlerin bis in die Fingerspitzen. Sie singt wunderschön und malt meisterhaft.

Der Fabrikant sprach mit dem Grafen und beim Klirren der Fensterscheiben hörte man ab und zu einmal ein Wort:

– Coupons – Fälliger Wechsel – Prämie – Termin.

Loiseau, der das alte Spiel Karten aus dem Wirtshaus, das fünf Jahre lang auf den schmierigen Tischen Fett angesetzt, stibitzt hatte, begann mit seiner Frau eine Partie Bézigue.

Die barmherzigen Schwestern ergriffen den Rosenkranz, der an ihrem Gürtel hing, machten zugleich das Zeichen des Kreuzes und plötzlich begannen ihre Lippen sich heftig zu bewegen, immer schneller und schneller, sodass ihr unbestimmtes Gemurmel sich überstürzte, als ob sie um die Wette beten wollten. Ab und zu küssten sie ein Bildnis an ihrem Rosenkranz, bekreuzigten sich und begannen wieder ihr ununterbrochenes schnelles Gemurmel.

Cornudet saß unbeweglich da und dachte nach. Loiseau packte die Karten zusammen.

– Man kriegt Hunger! – sagte er.

Da holte seine Frau ein zusammengebundenes Paket hervor, aus dem sie ein Stück kalten Kalbsbraten nahm. Sorgfältig zerschnitt sie ihn in seine Scheiben, und beide begannen zu essen.

– Wollen wir nicht auch essen? – fragte die Gräfin. Man war einverstanden, und sie packte die Vorräte für die beiden Ehepaare aus. In einem jener länglichen Gefäße, auf deren Deckel ein Häschen aus Steingut sitzt, um anzuzeigen, dass sich darunter eine Hasenpastete verbirgt, lag saftiger Aufschnitt: braunes Wildbret mit Speck gespickt, gemischt mit anderem fein gewiegten Fleisch. Auf einem schönen Stück Schweizerkäse, das in einer Zeitung eingewickelt, war das gedruckte »Verschiedenes« abgeklatscht geblieben.

Die beiden barmherzigen Schwestern packten eine Wurst aus, die nach Knoblauch roch. Cornudet versenkte beide Hände zugleich in die Riesentaschen seines Reisemantels und zog aus der einen vier harte Eier, aus der anderen ein Stück Brot. Er löste die Schalen ab, ließ sie in das Stroh zu seinen Füßen fallen, biss in die Eier, dass in seinem Riesenbart gelbe Dotterstückchen wie Sternchen hängen blieben.

Dickchen hatte in der Eile und der Verlegenheit ihres Aufstehens sich um nichts kümmern können und blickte nun verzweifelt, kochend vor Wut, all diese Leute an, die in Gemütsruhe aßen. Zuerst überkam sie ein gewaltiger Zorn. Sie öffnete den Mund und wollte ihnen eine Flut von Schimpfworten an den Kopf werfen, die in ihr aufstiegen. Aber sie war so außer sich, dass sie keine Worte finden konnte.

Niemand blickte sie an, keiner kümmerte sich um sie. Sie fühlte die Missachtung all dieser ehrbaren Lumpen, die sie zuerst geopfert hatten und nun von ihr wichen, wie von etwas Schmutzigem und Unnützen. Da dachte sie an ihren großen Korb, der voll schöner Sachen gewesen, die sie gierig verschlungen hatten, dachte an ihre beiden schönen Hühner in Aspik, an ihre Pasteten, ihre Birnen, ihre vier Flaschen Bordeaux. Und plötzlich brach ihre Wut in sich zusammen, wie ein all zu straff gespannter Strick der reißt, und sie fühlte sich den Tränen nahe. Sie gab sich fürchterliche Mühe, suchte stark zu bleiben, würgte wie ein Kind die Tränen hinab; aber sie stiegen doch in ihr auf, glitzerten an ihren Augenlidern und bald lösten sich zwei dicke Perlen und rollten langsam die Wange herab. Andere folgten schneller, wie Wassertropfen an einem Felsen herunter sickern, und fielen regelmäßig auf die Rundung ihres Busens. Sie blieb gerade sitzen, die Augen starr vor sich hin gerichtet, das Gesicht bleich, in der Hoffnung, man würde es nicht bemerken.

Aber die Gräfin sah es und gab ihrem Mann ein Zeichen. Er zuckte die Achseln als wollte er sagen: Ja, was denn, ich kann doch nichts dafür.

Frau Loiseau lächelte triumphierend und flüsterte:

– Sie weint aus Scham.

Die beiden Nonnen fingen wieder an zu beten, nachdem sie den Rest ihrer Wurst eingewickelt hatten. Da streckte Cornudet, der seine Eier verdaute, die langen Beine unter den gegenüberliegenden Sitz, lehnte sich zurück, kreuzte die Arme und lächelte wie jemand, der einen guten Witz gefunden hat, indem er anfing, die Marseillaise zu pfeifen.

Alle Gesichter verfinsterten sich. Die Volksweise gefiel jedenfalls seinen Nachbarn nicht, sie wurden nervös, ärgerten sich und machten Gesichter, als wollten sie gleich anfangen zu heulen, wie ein Hund, der einen Leierkasten hört. Er bemerkte es, hörte aber nun gerade nicht auf. Ab und zu sang er sogar einen Vers.

Der Wagen fuhr schneller. Der Schnee war härter geworden. Und Cornudet setzte bis Dieppe während der langen öden Stunden der Reise, während des Rüttelns und Stoßens des Wagens, bei einbrechender Nacht in der tiefen Dunkelheit, die im Wagen herrschte, mit wütender Beharrlichkeit sein monotones Rächerlied pfeifend fort, indem er die müden verzweifelten Mitreisenden zwang, unausgesetzt sein Geträller mit anzuhören, jedes Wort, jeden einzelnen Takt.

Und Dickchen weinte immer weiter. Ab und zu klang ein Schluchzen, das sie nicht hatte zurückhalten können, zwischen zwei Strophen in die Dunkelheit hinaus.